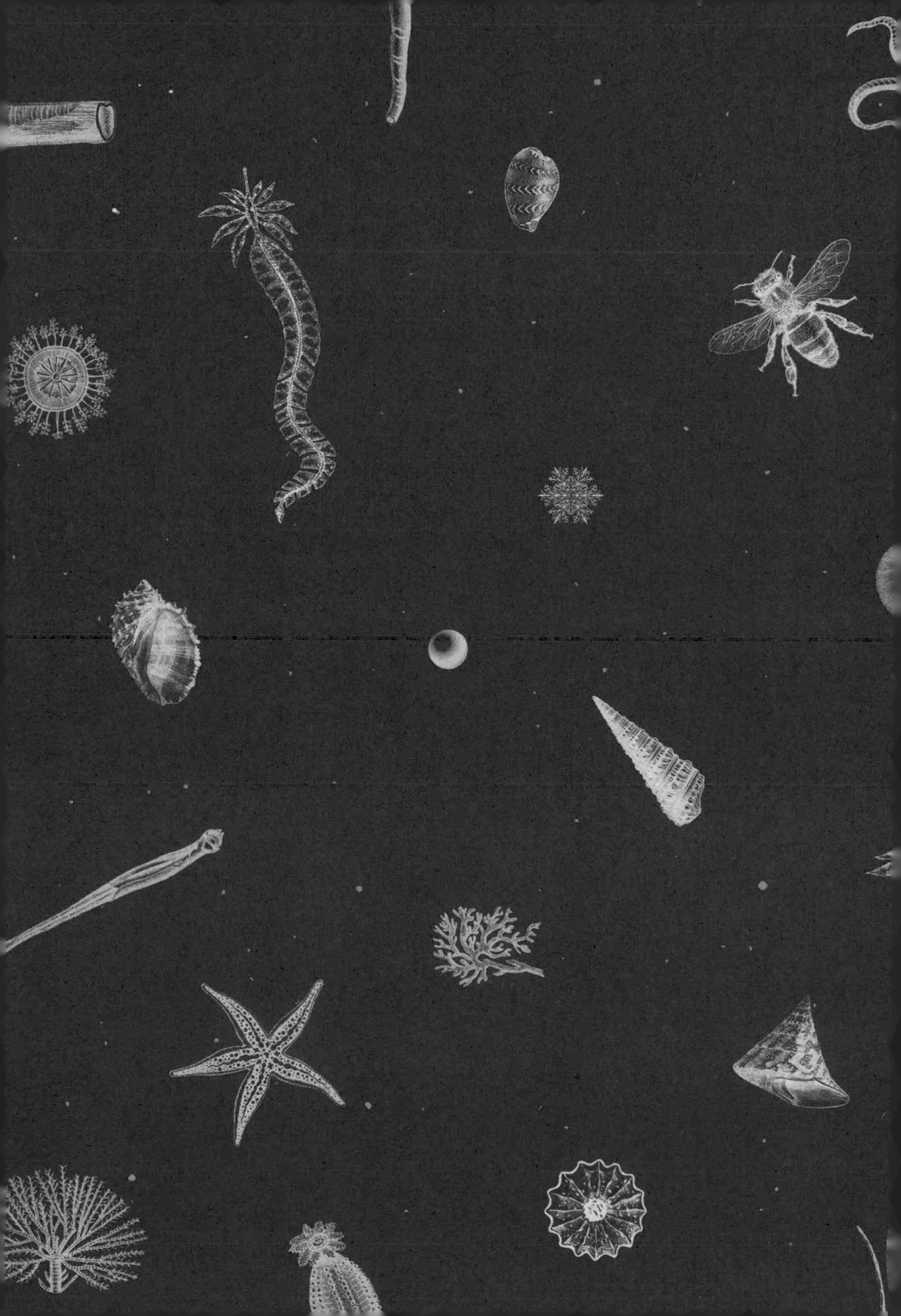

皮拉奈奇
PIRANESI

A Novel

SUSANNA CLARKE
蘇珊娜·克拉克 穆卓芸 譯

contents

目錄

獻給柯林

我是大學者、魔法師、萬能手，做實驗的人，當然需要實驗對象。

——C・S・路易斯《魔法師的外甥》

大家都稱呼我哲學家、科學家或人類學家，但這些都不是我。我是記憶學家。我研究被遺忘的東西，推測徹底消失的事物，探索缺席、沉默和事物間的古怪間隙。真要說的話，不如叫我魔法師。

——勞倫斯・亞恩—塞爾斯，一九七六年五月於《祕密花園》受訪

卷一

CHAPTER 1

皮拉奈奇

月亮出現在北三堂時，我去了九廳

信天翁來到西南堂那年第五月第一天

月亮出現在北三堂時，我去了九廳，去看三濤會合。這個奇景八年才會出現一次。九廳很宏偉，有三座大臺階，兩旁牆壁立著幾百幾千尊大理石雕像，層層疊疊，直到遠遠的高處。

我沿著西牆往上爬，走到扛蜂窩的女人雕像旁，離鋪石地板大約十五公尺。那尊雕像有兩三個我高，大理石蜜蜂爬在蜂窩上，每隻都跟我的拇指一樣大。其中一隻我看了就不舒服，因爲牠爬在女人的左眼上。我擠進雕像的壁龕裡，直到聽見浪濤聲在下廳轟隆響起，感覺牆壁受力震動，預告著即將到來的奇觀。

首先登場的是遠東堂的浪濤。潮水從東端臺階輕輕拾級而上，說不出顏色，深度不到腳踝，有如一面灰鏡覆在地板上，一道道乳白浪花像極了大理石花紋。

緊接著是西堂的浪濤。潮水雷鳴般湧上西端臺階，拍打東牆發出啪的一聲巨響，所有雕像都爲之顫動。浪花白如曬乾的魚骨，翻騰好似白鑞，不出幾秒鐘就淹到了第一層雕像的腰部。

最後是北堂的浪濤。潮水淹上北臺階，九廳霎時爆開了浪花，雪白閃閃，潑得我全身濕透，眼睛什麼都看不見。等我再睜開眼，潮水已經從雕像傾瀉而下。這時我才明白自己算錯了第二和第三道浪濤會有多大。巨大的浪頭掃向了我窩身的壁龕，有如巨掌想把我從牆裡掃出來。我張開雙臂緊緊抱住女子雕像的雙腿，向屋子禱告求它庇護，但還是被潮水淹沒。一時間，我感覺被一種古怪的靜謐籠罩著，有如海水淹沒了你，也淹沒了它自己的聲響。我以為自己會死，不然就會被衝到未知堂去，遠離熟悉浪濤的洶湧與飛濺。我緊抓著雕像。

但潮水下一秒就退了，和來時一樣突然。三潮匯流之後朝周圍廳堂湧去，我聽見浪濤拍打牆壁發出陣陣雷鳴與爆響。九廳的潮水迅速消退，很快就只淹到了第一層雕像的基座。

我忽然察覺自己手裡抓著東西，便張手一看，原來是一節大理石手指，不知是從哪座遠處的雕像被潮水沖來的。

屋子的美，無與倫比；它的善，無盡無窮。

描述世界

信天翁來到西南堂那年第五月第七天

我決定有生之年竭力探索世界，因此往西去過九百六十堂，往北到八百九十堂，往南到七百六十八堂。我還去過上堂，那裡的雲緩緩飄動，雕像不時會從霧裡突然浮現。我去過淹沒堂，黑水上滿是白水蓮，宛如鋪著一張白地毯。我也到過東方的廢墟堂，那裡的天花板和地板都塌了，甚至連牆也是！縫隙透進來的灰光將堂裡的幽暗切成了一塊一塊的。

所有這些地方，我都站在門口向前望，從來不曾見到世界來到盡頭的跡象，只有如往常般一個個廳堂與走道，綿延不絕到遠方。

沒有一座廳堂、臺階或走道裡沒有雕像。幾乎每座堂裡的所有空間都擺著雕像，不過偶爾還是能見到空空如也的基座、壁龕或半圓室，甚至空白的牆面，雕像不知去向。這些「不在場」就和雕像本身一樣神祕。

我觀察到，儘管每座堂裡的雕像尺寸都差不多，堂與堂間的雕像大小卻差很遠。有些堂裡的雕像有兩三個人高，有些約莫與人同高，還有些只到我肩膀。淹沒堂裡的雕像非常宏偉，有十五到二十公尺高，不過算是例外。

我一直有在記錄，想記下每座雕像的位置、尺寸、主題及其他值得記錄的特點。目前我只完成了西南一堂和二堂，正在記錄三堂。這麼大的任務偶爾讓我有些手足無措，但身爲科學家和探索者，替世界的輝煌作見證是我責無旁貸的工作。

屋子窗外是光禿禿空蕩蕩的大庭院，地面鋪了石頭，通常有四個邊，但偶爾會是六個或八個邊，甚至很詭異地只有三個邊，感覺很陰森。

屋外只有天體，也就是太陽、月亮和星星。

屋子分作三層，下堂是潮水界，窗戶從庭院看進去呈灰綠色，永遠有水和白色浪花在翻騰。堂裡養分充足，以魚、甲殼類和海生植物的形式存在。

上堂是雲界，我剛才有提過。那裡的窗戶灰白迷濛，偶爾會看見整排窗子突然被閃電照亮。上堂有清水，以雨的形式落在廳裡，順著牆壁和臺階涓流而下。

中堂位於這兩個基本上不能住人的層界之間，因爲屋子的井井有序而有了生命，是鳥和人的領域。

今早我從東南十八堂的窗子往外看，發現另一人也在庭院另一頭憑窗眺望。窗子又高又暗，另一人的臉出現在角落，他額頭很高，鬍鬚修得一絲不亂，五官高雅，和往常一樣若有所思。我朝他揮手，但他沒有看到。我揮得更誇張一點，還用力跳上跳下，但屋子窗戶太多，他沒看到我。

所有曾經住在這裡的人和他們的故事

信天翁來到西南堂那年第五月第十天

世界誕生之初，確定存在的有十五個人。雖然可能更多，但我是科學家，必須憑證據說話。這十五個確定存在的人當中，只剩我和另一人還活著。

底下我來說說這十五個人，順便交代他們各在哪裡。

第一人：我

我認爲我應該三十到卅五歲，身高將近一百八十三公分，體型偏瘦。

第二人：另一人

我估計另一人應該五、六十歲，身高將近一百八十八公分，和我一樣體型偏瘦，身材以他的年紀算是強壯結實。他的皮膚是淺橄欖色，短髮和鬍鬚是深棕色，山羊鬍幾乎全白了，修得很整齊，尾端微尖。他顱骨長得很細緻，顴骨高聳很有貴族氣派，額頭高得引人注目。雖然給人和善的感覺，卻因爲一心追求智性生活而顯得有些嚴厲。

他和我一樣是科學家，而且人類就只剩我和他，因此我自然非常看重我們的友誼。

另一人相信世界隱藏著一個偉大神祕的知識，只要發現它就能獲得巨大的力量。雖然他不大確定那個知識包含什麼，但陸陸續續猜想可能包含以下這些：

1. 征服死亡獲得永生
2. 能用心電感應知道別人在想什麼
3. 可以變成老鷹在空中飛翔
4. 可以變成魚在浪潮裡悠游
5. 用意念就能移動物體
6. 能熄滅和重新點燃太陽和星星
7. 主宰智力不如他的生物，讓他們順從他的意志

我和另一人很努力尋找那個知識，每兩週碰面一次（週二或週五）討論進展。另一人

對時間錙銖必較，我們見面從來不准超過一小時。

其他時候如果他想找我，就會一直喊「皮拉奈奇」直到我來。

他總是叫我皮拉奈奇。

這很奇怪，因爲就我記得，皮拉奈奇不是我的名字。

第三人：餅乾盒人

餅乾盒人是一副骷髏，住在西北三堂的空壁龕裡。他骨頭的組合很特別，尺寸相近的長骨頭全用海草做成的細繩綁在一起，而頭骨在右邊，餅乾盒在左邊，裡頭裝著所有小骨頭，包括指骨、趾骨和脊椎骨等等。盒子是紅色的，上頭有餅乾圖案和幾個字：杭特利帕墨斯什錦餅乾。

我頭一回見到餅乾盒人時，他身上的海草繩乾掉鬆了，因此看上去有點散。我用魚皮做了一條新繩子，幫他重新把骨頭綁好。現在他又很牢靠了。

第四人：隱藏人

三年前的某一天，我從十三廳的臺階走到上堂，發現那一帶的雲都飄開了，堂裡明淨敞亮，滿溢陽光，便決定一探究竟。我在其中一座（位於東北十八堂正上方的）堂裡發現了一具半踦的骷髏，卡在基座和牆壁間的狹縫裡。從骨頭的位置，我推斷它原本是坐著的，下巴抵著膝蓋，但看不出性別。我如果抽幾根骨頭出來研究，肯定放不回原位。

第五至十四人：凹室人

凹室人全是骷髏，並排躺在西南十四堂的北端凹室裡。

我研判其中三副骷髏是女性，三副是男性，其餘我沒有把握。其中一副骷髏我取名爲魚皮人。魚皮人的骷髏不完整，許多骨頭都被潮水沖蝕得差不多了，只剩鵝卵石大小的骨塊。有些骨頭尾端有小洞和魚皮碎片，因此我做了以下推斷：

1. 魚皮人的骷髏比其他人年代都久
2. 魚皮人的骷髏原本不是擺成這樣，所有骨頭曾經用魚皮線串著，但後來皮線爛了
3. 魚皮人之後的人（應該是凹室人）非常敬畏生命，因此耐心蒐集了魚皮人的骨頭，和他們的亡者擺在一起

問題：我感覺自己快死的時候，該不該去躺在凹室人旁邊？我估計那地方還可以再躺四個人。雖然我還年輕，離死期（希望）仍有點遠，但還是想過這件事。

凹室人旁邊還有一副骷髏，但我沒有把它算進曾活著的人裡。因爲那副骷髏身長大約五十公分，還有一條和身體等長的尾巴。我拿骨頭和雕像所呈現的各種生物比對過，覺得應該是猴子。我從來沒在屋子裡見到猴子。

第十五人：抱膝童

抱膝童也是骷髏，我推斷是女孩，年齡大約七歲。她坐在東南六堂的空基座上，雙手抱膝低著頭，下巴抵著膝蓋，脖子上掛著一條用珊瑚珠和魚骨串成的項鍊。

我想了很久這女孩和我的關係。我之前提過，世界只剩我和另一人活著，而我們兩個都是男人。我們死後，世界從哪裡生出新的寓居者來？我認爲世界（說屋子也可以，因爲兩者基本上是同一回事）希望有寓居者在，以見證它的美，領受它的恩惠。我猜屋子原本想讓抱膝童作我的妻子，只是事與願違。自從我有了這個念頭，就覺得應該和她分享我的所有。

我會造訪所有亡者，但最常去看抱膝童。我會帶吃的喝的給他們，還有從淹沒堂摘的水蓮。我會跟他們說話，告訴他們我最近做了什麼，描述我在屋子見到的奇聞異事，讓他們感覺自己並不孤單。

只有我會這樣做，另一人不會。就我所知，他不做宗教行為。

第十六人

還有你。你是誰？怎麼會讀到我寫的東西？你是騙過潮水，橫越破碎地板和廢棄臺階來到廳堂的旅人嗎？還是在我死後很久住進這裡的人？

我的日記

信天翁來到西南堂那年第五月第十七天

我將自己的所見所聞寫在筆記裡。這樣做有兩個理由，首先是書寫能養成精確與細心的習慣，其次是為了你，第十六人，保存我所知道的一切。我將筆記收在一個棕色的皮革郵差包裡，通常擺在北二堂東北角「玫瑰叢裡的天使」雕像後方的縫隙處。我的手錶也擺在那裡。我週二和週五會用到手錶，因爲十點鐘要和另一人會面。其餘時間我盡量不戴錶，免得海水滲進去讓零件受損。

其中一本筆記是潮汐表。我記下高潮和低潮的時間與大小，並推算未來的潮汐。另外一本筆記是雕像目錄，其餘則是日記，裡頭除了有我的想法與回憶，還有每日生活的紀錄。目前我已經寫滿九本日記，這是第十本。所有日記都有編號，而且大多都標了起訖日期。

第一本標記爲二〇一一年十二月至二〇一二年六月

第二本標記爲二〇一二年六月至二〇一二年十一月

第三本原本標記爲二〇一二年十一月，後來劃掉了，改爲嚎啕落淚那年第十二月第十三天至我發現珊瑚堂那年第七月第四天

第二和第三本日記都被扯掉了幾頁。我猜不到理由，也揣想過可能是誰做的，但還沒什麼結論。

第四本標記爲我發現珊瑚堂那年第七月第十天至我命名星座那年第四月第九天

第五本標記爲我命名星座那年第四月第十五天至我點算和命名亡者那年第九月第十三天

第六本標記爲我點算和命名亡者那年第十月第一天至東北二十堂和廿一堂天花板塌陷那年第二月第十四天

第七本標記爲東北二十堂和廿一堂天花板塌陷那年第二月第十七天至同年最後一天

第八本標記爲我去西九百六十堂那年第一天至同年第十月第十五天

第九本標記爲我去西九百六十堂那年第十月第十六天至信天翁來到西南堂那年第五月第四天

現在這本（第十本）日記開始於信天翁來到西南堂第五月第五天。

寫日記有個麻煩，就是事後很難找到重要內容，因此我另外準備了一本筆記，替所有日記做索引。每個字母分幾頁，比較常用的字母（如A和C）多分幾頁，比較少用的字母（如Q和X）少分幾頁。每個字母底下再分主題，然後註明所在日記的位置。

讀完前面寫的，我才發覺自己用兩種方式標記日期。我之前怎麼沒發現？是我沒做好。標記方式一種就夠了，兩種會造成困擾、混淆、懷疑和錯亂，而且不夠美觀。

頭兩本日記我標記爲二〇一一和二〇一二年，感覺眞沒創意，而且我想不起兩千年前到底發生了什麼事，讓我覺得應該開始寫日記。換成第二種標記方式後，年分變成了「我命名星座那年」和「我點數和命名亡者那年」，我就喜歡得多，感覺每年有每年的特色，因此我會繼續使用這種方式。

雕像

信天翁來到西南堂那年第五月第十七天

所有雕像裡頭，有些我特別喜歡，扛蜂窩的女子就是一個。另一尊雕像可能是我的最愛。它位於西北四堂和五堂的穿堂門邊，是滿頭鬈髮、羊頭人身的牧神像。他臉帶淺笑，食指按在嘴唇上，我總覺得他有事想告訴我，說不定是警告。噓！他好像在說，小心！但我始終不曉得危險何在。我曾經夢過他一次，夢裡他站在下雪的森林，跟一個小女孩說話。

北五堂的大猩猩雕像每次都抓住我的目光。他身體下蹲前傾，用強有力的雙臂和拳頭撐起身體，臉上的表情更讓我著迷：又粗又濃的眉毛蓋住眼睛，放到人類臉上就會是惱怒，但在大猩猩臉上卻完全相反。他身上散發著許多特質，像是溫和、沉靜、力量與堅毅。

我喜歡的雕像還有不少，包括擊鈸少年、背城堡的大象和兩國王下棋等等。但我最後要提的這尊雕像，我不是特別喜歡。我每回看到他，應該說他們兩個，目光就忍不住被吸引過去。那兩尊雕像位於西一堂東門兩側，高度約六公尺，而且有兩個與眾不同之處：首先是他們比西一堂的其他雕像大上許多，其次是他們都不完整，只有上半身腰部以上從牆面露出來。兩人肌肉脹大、面孔扭曲，雙手使勁往後推，感覺想出生卻好像做不到，可是又不肯放棄，一副痛苦的模樣。他們頭上長著誇張的角，所以我給他們取名爲有角巨人，象徵面對厄運的掙扎與努力。

對某尊雕像情有獨鍾，會不會對屋子不敬？我偶爾會這樣問自己。我認爲屋子對自己創造的所有東西都平等關愛與祝福。我是不是也應該效法它？然而，我也明白偏心是人的本性。人就是會喜歡一樣東西勝過另一個，覺得一樣東西比另一個有意義。

樹存在嗎？

信天翁來到西南堂那年第五月第十九天

我不曉得的東西還有很多。大約六七個月前的某一天，我看見西四堂下方有個鮮黃色的斑點順著平緩的潮水緩緩漂過。我看不出那是什麼，便下水將它撈了起來，原來是一片葉子，兩側捲起頭尾相接，非常好看。儘管很有可能是某種我從未見過的海草，但我很懷疑，因爲質感不像。它表面會撥水，感覺是活在空氣裡的東西。

卷二

CHAPTER 2

另一人

拍擊—海

信天翁來到西南堂那年第五月第廿九天

早上十點，我到西南二堂和另一人碰面。我走進堂裡時，他已經在那兒了，身體靠著空基座，手指輕敲著一臺會發亮的裝置。他穿著剪裁合身的炭黑羊毛西裝，西裝裡的雪白襯衫襯著他的橄欖色皮膚煞是好看。

他沒有抬頭，依然盯著裝置說：「我需要資料。」

他經常這樣，太專注於手上的事，以致忘了打招呼或問我過得如何。可是我不介意。我欣賞他對科學研究的認眞。

「什麼資料？」我問：「我能幫忙嗎？」

「當然，」他說：「其實要是沒有你，我還眞做不了什麼，因爲今天我要研究的就是——」他這時才抬起頭朝我微笑。「你。」他有所圖的時候，笑起來絕對迷死人。

「是嗎？」我說：「你想知道什麼？你對我做了假設嗎？」

「沒錯。」

「什麼假設？」

「我不能告訴你，否則資料可能會受影響。」

「喔，對耶，沒錯。抱歉。」

「沒關係，」他答道：「好奇很正常。」說完便將會發亮的裝置擺到空基座上，轉身吩咐我：「請坐。」

我雙腿交叉坐在鋪石地板上，等他發問。

「坐好了嗎？」他說：「好，那我們開始。你記得什麼？」

「我記得什麼？」我一頭霧水。

「對。」

「這個問題太籠統，」我說。

「沒關係，」他說：「你就試著回答看看。」

「好吧，」我說：「我想應該是全部。我全部記得。」

「是嗎？」他說：「這可不簡單。你確定？」

「應該吧。」

「你舉幾個例子，說明自己記得什麼。」

「呃，」我說：「譬如你提到離這裡好幾天路程的某個堂，只要我有去過，就能馬上告訴你怎麼去，還可以說出你會經過哪些堂，描述牆壁上有哪些有意思的雕像，同時大致正確說出他們的位置，像是靠著東西南北哪面牆或離地多遠等等。我還可以列出所有……」

「那拍擊—海呢？」另一人問。

「呃……什麼？」

「拍擊—海，你記得拍擊—海嗎？」

「不記得……我……拍擊—海？」

「沒錯。」

「我不懂你……」

我等另一人解釋，但他沒有開口。我感覺得到他正仔細審視我，而且我敢說這個問題對他的研究非常關鍵，但我壓根不曉得該如何回答。

「拍擊—海不是詞，」最後我勉強回答：「它沒有指涉任何東西。世界沒有一樣東西對應這三個音組成的詞。」

另一人還是沒有說話，只是一直盯著我。我滿臉困惑回望他。

接著我突然靈光一閃，哦了一聲說：「我知道你想幹什麼了。」說完我就笑了。

「我想幹什麼？」另一人微笑問道。

「你想知道我誠不誠實。因爲我剛才說只要是我去過的堂，我都能講出怎麼去，但你無法判斷我說的是不是眞話。比如我告訴你北九十六堂怎麼走，可是你沒去過，無從曉得我說得對不對，所以只得問我一個無意義的詞，像是拍擊—海。算你精明，選了一個很像地名的詞，被海拍擊的地方。我要是答說我記得拍擊—海，還描述那個地方在哪裡，你就會曉得我在撒謊，知道我只是在吹牛。你問這個是對照問題。」

「沒錯，」另一人說：「就是這樣。」

我們倆相視而笑。

「你還有別的問題想問嗎？」我說。

「沒有，都問完了，」他轉身正準備將資料輸進會發亮的裝置裡，但我身上有個東西吸引了他的注意。他有點困惑地看著我。

「怎麼了？」我問。

「你的眼鏡怎麼了？」

「我的眼鏡？」

「對，」另一人說：「你的眼鏡看起來有點……怪。」

「什麼意思？」

「你兩邊鏡腳都纏著東西，」他說：「而且垂下來。」

「喔！我懂了，」我說：「沒錯！因爲鏡腳一直掉，先是左邊，然後是右邊。空氣裡的鹽分把塑膠腐蝕了。我正在試，看哪種方法修得好。左邊鏡腳用的是魚皮和魚膠，右邊我用海草，效果比較不好。」

「的確，」他說：「我想也是。」

一波潮水湧進下方的廳堂，砰的一聲打在牆上。潮水退卻，再次向前湧進房門，打在下一個房室的牆上。砰、砰、砰。退卻，又前進。砰。西南二堂有如扯動的琴弦錚錚作響。

另一人神情緊張。「聽起來很近，」他問道：「我們是不是該離開這裡？」他對潮水不熟。

「沒必要。」我說。

「好。」他說，但顯然沒被說服。他兩眼睜大，呼吸也變得急促，目光不停掃過每一扇門，彷彿覺得水隨時會湧進來。

「我不想被水捲走。」他說。

另一人有一回在北八堂遇到潮水。先是一股大潮從北堂湧進十廳，沒多久另一股大潮也從東堂灌入十二廳。大水湧進周圍的堂，包括另一人所在的北八堂。他被潮水捲起帶走，穿過好幾道門，不停撞牆撞雕像，途中還沒頂了幾回，以爲自己會淹死。最後潮水將他沖上西三堂的鋪石地板，整整被沖了七個堂之遠。我在那裡找到他，並拿了毯子和淡菜與海草做成的熱湯給他。但他一能行走就起身一言不發離開了，我不曉得他去了哪裡，到現在還是不知道。這件事發生在我命名星座那年第六月。從那之後，另一人就很怕潮水。

「不會有事的。」我對他說。

「你確定？」他說。

砰！砰！

「我確定，」我說：「潮水再過五分鐘就會沖進六廳，湧上臺階，一小時內就會灌進離這裡兩個堂的南二堂，但深度不會超過腳踝，也不會沖到我們這裡。」

另一人點點頭，但焦慮程度還是很高，沒多久就離開了。

傍晚時，我到八廳釣魚。我心裡想的不是早上和另一人的談話，而是晚餐和雕像映著晚霞有多美。但當我將網撒到下層臺階的水裡，眼前忽然冒出一幅影像。我看見灰濛天空中出現一排潦草的黑字，以及一道刺眼的紅色閃光。那些字朝我飛來，我發現是黑底白字，同時突然聽見一聲刺耳巨響，嘴巴裡嚐到金屬味。所有影像——其實只是零碎的殘影——似乎繞著那個怪詞「拍擊—海」打轉。我試著細看，想讓視線對焦，但那些影像有如夢境一般消散了，不知去向。

白十字架

信天翁來到西南堂那年第五月第三十天

你如果讀過我之前的日記（第九本）就會曉得，我去年最後一個月和今年頭一個半月幾乎沒寫什麼。這種事偶爾會發生，理由我接下來會交代。那段時間發生了一件事，我一直打算寫下來，現在就讓我細說從頭。

當時是深冬，雪堆在臺階上，廳裡每尊雕像都披上了雪斗篷或戴上了雪帽，所有伸長手臂的雕像（量還不少）不是宛如倒拿長劍握著一根冰柱，就是整隻手臂掛滿冰柱，像是冒出了羽毛一般。

有件事我明明知道，卻總是忘記，那就是冬天很難熬。嚴寒遲遲不散，保暖不僅費力而且困難。每年冬天快來之前我都很得意，覺得自己囤了許多乾海草當柴燒；但隨著日子一天天、一週週、一月月過去，我就愈來愈沒有把握。我拚命加衣服，能套幾件就套幾件。每週五我會清點乾海草，計算每天只能用多少才可以熬到來春。

去年第十二月，另一人暫停對偉大神祕知識的追求，取消了我們會面，因爲他說站著講話太冷了。我手指凍得失去了知覺，字寫得歪七扭八，最後只能完全停筆，擱下了日記。

今年第一月中左右，南方來了一陣風，連吹了幾天不停。雖然我忍著不抱怨，卻感覺強風好比試煉，將刺骨的雪吹進堂裡，吹到躺在北三堂床上歇息的我身上。風在廳裡呼嘯，吹起一把把散雪，幻化成許多小鬼魂。

風也不全然是壞事。它有時會吹過雕像上的小洞或縫隙，讓雕像發出令人驚喜的呼哨或歌聲。我之前不曉得雕像會出聲，這件事讓我開懷大笑了好久。

有天我起得早，決定到四十三廳去。途中經過的堂都灰沉陰暗，只有窗上透著點光。說是光，其實更像感覺有光。

我打算去採海草，拿回來當食物和燃料。冬天太冷太溼，我通常一定等到春天、夏天和秋天才晾乾海草。但我那天忽然想到，要是將海草掛起來，或許吊在門口，風很快就能把海草吹乾。唯一的難題是把海草捆好，免得被風吹跑。我想了三種做法，心裡躍躍欲試，想知道哪個方法最有效率。

經過西十一堂時，風將我從這塊鋪石吹到那塊鋪石上，感覺跟棋子一樣（我走的這步還眞有創意！）。

我走下四十三廳的臺階，來到了西南卅七堂正下方的下堂。起風的一個影響就是低潮比往常更低，高潮比平時更高、更洶湧。那時是低潮，海水退得老遠，下堂裡一滴水也沒有，實在很罕見。地板上全是潮水留下的東西。海草有如小旗子迎風搖曳，還有卵石、海星與貝殼被風追著喀喀喀在鋪石地板上跑。

天剛破曉，時間還早，從庭院窗戶上可以看到淡金色的天空。我向前望去，只見通往隔壁堂的門框住了一方鉛灰的海水。劇烈翻騰的水面和四四方方的門口形成了強烈的對比。

我彎下腰開始撿拾冰冷濕漉的海草。如此簡單的工作也被風搞得辛苦萬分，因爲光是站在原地都很費力。風還支使我手裡的海草，打得我手又冷又痛。

過了一會兒，我直起腰桿放鬆背部，同時又看了通往隔壁堂的門口一眼。

我看見了異象！鉛灰浪濤上方出現了一個又白又亮的十字架，映著晦暗的空氣白得耀眼，連它後方的滿牆雕像都相形黯淡。那東西好美，但我無法理解。接著我明白了。那不是十字架，而是一個巨大的白色物體，正乘風朝我迅速飛來。

那是什麼？應該是鳥，但從這麼遠就能看到，表示牠肯定比我平常看到的鳥還要大上許多。牠劃過天際，朝我直撲而來。我張開雙臂回應牠開展的雙翅，彷彿準備擁抱牠似的。我高聲大喊，原本想說歡迎！歡迎！歡迎！結果被風吹岔了氣，只喊道來吧！來吧！來吧！

那鳥從翻騰的海水上方翱翔而過，一次也沒有拍動翅膀。接著嫻熟輕鬆地一個側身，就鑽過了隔開我與牠的門。我知道牠是什麼了。信天翁！

但牠還是朝我撲來。我心裡忽然冒出一個古怪到極點的念頭：說不定信天翁和我注定合為一體，成為更上一級的存在，變成天使！這個想法讓我既興奮又害怕，但我仍然張著雙臂，模仿牠的飛行動作（心想要是我拍打著天使翅膀飛進西南二堂，替另一人捎來平安與喜樂的信息，他會多驚訝！），心臟跳得飛快。

觸碰瞬間，我以為我們會像星球互撞合而為一，不禁「啊」了一聲。同時我感覺某種鬱積已久的壓力從我體內傾瀉而出。直到那一刻，我才知道有那股壓力存在。巨大的白色羽翼從我面前掃過，我感覺到那翅膀帶來的空氣，聞到那帶著鹹味，夾雜著遠方潮水、萬里長風和我未曾見過的廳堂的強烈氣味。

信天翁從我左肩飛過。我跌坐在鋪石地板上。信天翁驚惶拍動翅膀，伸出細長結實的粉紅雙腳，從空中滾落到地上。牠在空中是神蹟，是來自天上的存在，但在鋪石地上卻成了凡物，跟其他生靈一樣笨拙難堪。

我和信天翁從地上起來。站在乾燥鋪石地板上的牠身形顯得無比巨大，腦袋幾乎快到我胸骨了。

「很高興見到你，」我說：「歡迎。我是這些廳堂的寓居者。這裡除了我還有一位，但他不喜歡鳥，所以你可能不會見到他。」

信天翁張開雙翼，仰頭露出脖子對著天花板，喉嚨發出呼嚕聲，我想應該是牠在和我打招呼。牠羽背顏色很暗，近乎全黑，兩邊翅膀各有一個星狀的白點。

我繼續撿拾海草。信天翁在堂裡走動，帶灰的粉紅雙腳踩在鋪石地上啪噠啪噠，聲音響亮。牠不時會走到我身旁，彷彿很感興趣似的看我在做什麼。

隔天我又去了同個地方。信天翁已經爬上臺階，正在四十三廳四處打量。但好事還在後頭，廳裡竟然有兩隻信天翁！你可以想見我有多開心。牠妻子也來了！（也許原本那頭信天翁是母的，新來的是牠丈夫，但因爲資料不足，我無從判斷）新來的信天翁背上花紋不同，布滿銀雨般的白點。兩頭信天翁張開翅膀繞著彼此跳舞，長長的粉紅鳥喙對著天花板，嘴裡發出開心的刺耳尖叫，接著互碰鳥喙表達內心的歡喜。

幾天後我又去探望牠們。牠們看上去安靜不少，廳裡透露著幾分沮喪與消沉。翅膀上有星星、我覺得是公的那頭信天翁從下堂拾了大把海草上來。牠先是叼著海草將它們堆成一疊，幾分鐘後又不滿意，再次叼起海草放到另一個地方，前前後後大概移動了十幾回。

「我想我知道問題在哪裡了，」我說：「你們過來築巢，但找不到適合的材料。這裡只有冰涼濕漉的海草，但你們需要乾一點的東西，才能做個舒服的窩產卵。別擔心，我會幫忙。我那裡有乾燥的海草。儘管我不是飛禽，但我敢說我拿來的海草絕對適合當成築巢的材料。我現在就去拿。」

翅膀上有星星的信天翁仰頭張翅，鳥喙對著天花板發出刺耳的嘶鳴。我想牠是在表達興奮。

我回到北三堂，在魚網上鋪上一層厚塑膠，然後放了我認爲兩隻巨鳥築巢所需分量的乾海草進去。我裝的海草分量不少，差不多是三天的燃料，我知道給出去之後，自己可能會著涼。但比起世界多一頭信天翁，我冷個幾天算什麼？除了乾海草，我還加了兩樣東西，一樣是我純粹因爲喜歡而蒐集的乾淨白羽毛，另一樣是件舊羊毛衫。雖然羊毛衫破洞太多，不適合穿了，但保護珍貴的蛋或許綽綽有餘。

我將魚網拖到四十三廳，公信天翁馬上對裡頭裝了什麼很感興趣。牠叼起一把乾海草開始四處找地方試。

沒有多久，兩頭信天翁就堆好一個底部寬約一公尺的大巢，並下了蛋。牠們是很棒的父母親，對蛋呵護備至，雛鳥孵出來後也沒有懈怠。雛鳥長得很慢，羽毛還沒長齊，還不會飛。

我將這年命名為信天翁來到西南堂那年。

鳥默默坐在西六堂

信天翁來到西南堂那年第五月第卌一天

兩年前東北二十堂和廿一堂的天花板塌了之後，這一區天氣就變了。雲會穿過破洞的天花板下到過去通常不會光臨的中堂，讓世界變得凜冽灰暗。

今天早上我冷醒過來，全身發抖。雲跑到我歇息的北三堂，一尊尊雕像裹著白霧成了優雅的白影。

我匆匆起身，開始埋首每日的工作。我到九廳撿拾海草，做了熱湯當早餐滋養和溫暖身體，然後到西南三堂繼續做雕像目錄。

這天屋子特別安靜，沒有鳥飛鳥鳴。牠們去哪裡了？感覺牠們和我一樣覺得雲靄繚繞的世界有些喘不過氣。最後我在西六堂找到牠們。牠們聚集在堂裡，停在雕像的肩膀和頭上，坐在基座和石柱上，默默等待。

淹沒堂

信天翁來到西南堂那年第六月第八天

一廳東邊的那部分屋子荒廢了，上堂的石器和雕像從破洞的地板落到中下堂，擋住了門口。那一帶有近四五十堂，潮水無法灌入，海水退去，堂裡蓄滿雨水，成了一座座漆黑平靜的淡水湖。窗戶或是半泡在水裡，抑或被石器擋住，看上去模糊陰暗。由於沒有潮水，因此格外安靜。

那裡就是淹沒堂。

那一帶邊上的水淺而靜，長滿水蓮，中央深而詭譎，布滿破碎的石器與沉沒的雕像。淹沒堂的大部分區域都無法前往，只有部分能從上層進入。

淹沒堂裡有巨大的人像。他們有著蜷曲的頭髮與鬍鬚，有的使勁掙脫牆的束縛，有的上半身從黑水裡冒出來。其中一尊雕像身體特別突出，寬闊結實的背有如一座平臺，幾近水平突出於水上，離水面大約一公尺半，非常適合釣魚。

夜裡釣魚最好。魚群會被明亮的月光吸引，而且容易看到。

東十九堂上方的雲

信天翁來到西南堂那年第六月第十天

我以前不敢住得離潮水太近，只要聽見雷鳴般的浪濤就會抱頭躲藏。出於無知，我怕自己被浪捲走，沒頂溺死。

我盡量待在乾堂裡，雕像沒有披著海草，也沒有乾掉的海星爲鎧甲，空氣裡沒有潮水的氣味。換句話說，就是最近沒有潮水肆虐的堂。飲水不是問題，大多數堂都有淡水瀑布，有些雕像甚至快要被水鑿成兩半。但食物就不同了，因此我不得不面對潮水。我會到廳裡，從臺階走入下堂，再去到海邊。但海浪的力量讓我害怕。

我那時已經知道潮水不是隨機的，也明白只要記錄和追蹤潮水，或許就能預測它們的漲退。我的潮汐表便是那時開始做的。但縱使我對潮水的動態有一定的掌握，卻還是不了解它們的本性。我以為所有潮水都大同小異，因此有一回我遇到潮水，心想會有許多魚和海生植物，結果卻發現海水明亮清澈，什麼也沒有，讓我嚇了一跳。

我常常挨餓。

恐懼和飢餓逼得我探索屋子。我發現淹沒堂裡魚很多，而且那裡的水很平靜，我不是太害怕。問題是淹沒堂四周全是斷垣殘壁，必須先到上堂再靠著廢墟往下穿越地板上的巨型裂痕與破口。

有一回我餓了兩天，於是決定去淹沒堂找食物。我往上堂爬，由於餓到腳軟，爬樓梯本來就不容易了，而且屋子裡的臺階即使大小不一，尺寸都很宏偉，每一階幾乎都是我輕鬆抬腳的兩倍高，彷彿神當初蓋屋子是給巨人住的，後來不知為何改變了念頭。

我爬到東十九堂正上方的上堂，原本打算從那裡下到淹沒堂，沒想到堂裡滿是雲靄，冰涼潮濕，灰濛濛一片。

我帶了日記，查閱發現自己來過這附近一次，而且還詳細紀錄了隔壁堂，也就是東二十堂的上堂。我描述了雕像的特徵與狀態，甚至還替其中一尊雕像畫了素描。但眼前這個我立於門前，滿是雲靄的堂，日記裡卻沒有記載一字半行。

現在的我肯定會覺得自己瘋了，才會穿越一個看不清楚又沒有日記紀錄的堂。但話說回來，現在的我也不會讓自己餓成那樣。

毗鄰的堂通常會有一些類似處。我後方的堂長約兩百公尺，寬約一百二十公尺，因此眼前這個堂可能也差不多，感覺不是走不到。我比較擔心雕像。就我視線所及，雕像主要是人像和半人像，全都有兩三個我高，而且動作劇烈，有打架的男人、被馬頭人或羊頭人擄走的男女，以及將人撕成兩半的章魚等等。屋子裡大多數廳堂的雕像都是和顏悅色或安靜淡然，唯獨這裡的雕像面孔扭曲，不是憤怒咆哮就是痛苦嘶吼。

我決定小心前進。撞到雕像伸長的大理石手臂可是痛得很。

我走進雲裡，緩緩沿著堂北側走。雕像一個個從淺白的雲裡浮現。他們密密麻麻貼在牆上，身體扭曲成各種虐待般的姿勢，我感覺就像走在手臂和身體構成的大森林裡。

一尊雕像從牆上翻下來，碎在了地板上。我應該想到那是個警告才對。

走著走著，我遇到一尊從牆壁伸出一大截的人像，他碩大的身軀騰空後仰，兩手高舉過頭，身體被馬頭人踩住，痛得他兩手往上翻，手指扭曲。我往外跨了一步遠離牆邊想繞過他，沒想到腳下……

什麼也沒有。

沒有地板！也沒有鋪石！我差點掉下去！我驚惶得退回牆邊，結果腳被勾到，整個人懸在半空，嚇得無法動彈，心裡因恐懼訝異而一片空白。沒想到奇蹟發生，我跌落在那尊被踩雕像的手上。但雕像的手濕答答的，非常滑溜，我只要一動，那雕像就可能抓不住我，讓我墜入虛空。我嚇得抽噎，使盡全身力氣抓住雕像的手臂，從他的腦袋下到他的胸膛，再鑽到他腿上。踩著他的馬頭人有如天花板離我腦袋兩三公分。雲靄太厚，我看不見地板在哪裡。

我在那裡挨餓了一天一夜，差點冷死，但也深深感謝那尊被馬頭人踩踏的雕像救了我一命。隔天早上起了風，將雲往西吹。我從地板上的大裂縫往下望，立刻頭暈目眩。那深淵起碼有三十公尺，底下是淹沒堂的平靜湖水。

對話

信天翁來到西南堂第六月第十一天

除了定期和另一人碰面，以及亡者令人慰藉的默默存在，這裡還有鳥。鳥不難理解，我從牠們的行爲就能看出牠們在想什麼，通常都是：這是食物嗎？是嗎？那這個呢？這可能是食物。我敢說這十之八九是食物。偶爾還有：下雨了，我不喜歡雨。

這種話拿來跟左鄰右舍閒聊很合適，可不代表具有廣泛或深刻的智力。但我曾經想過鳥或許比乍看之下還有智慧，只不過偶爾才會間接展現出來。

某個秋天晚上，我走到東南十二堂的門口，準備穿過十七廳，結果發現進不去，因爲裡面擠滿了鳥，而且統統在飛。牠們繞圈盤旋，形成了一場漩渦之舞，有如煙柱塡滿整個廳，時而變密變深，時而變淺變薄。我看過這種舞蹈幾次，都在年尾那幾個月，而且一定是晚上。

還有一回在九廳，我走進去就看見裡面全是小鳥，各種各類，但主要是麻雀。我進門沒幾步就有一大群小鳥飛到空中。牠們先是一起掃向東牆，然後西牆，再回過頭繞著我鬆鬆散散地打轉。

「早安，」我說：「你們都好吧？」

所有的鳥四分五散，但有五六隻，甚至十隻，一起飛到了西北角的園丁像上，在那裡待了三十秒鐘左右，接著又一起飛到西牆更高的一尊雕像上，就是扛蜂窩的女人像。牠們在扛蜂窩的女人像上待了大約一分鐘，然後就飛走了。

我很好奇，廳裡一千多座雕像，牠們爲何就選擇停在那兩尊上頭？我忽然想到，儘管沒什麼根據，但那兩座雕像可能都象徵勤勉。園丁老邁駝背，卻還是忠實照料花園，而女人努力養蜂，蜂窩裡滿滿的蜜蜂也在耐心幹活。難道那些鳥在鼓勵我，說我也該勤勉奮發？似乎不可能，因爲我已經很勤勉了！我當時正要去八廳釣魚，肩膀上扛著魚網，手裡拎著用舊桶子做成的龍蝦籠。

如果那些鳥眞的是在警告我，那感覺有點無稽。但我還是決定沿著這條不尋常的思路往下想，看看會如何。那天我抓到了七條魚和四隻龍蝦，我一隻也沒扔回去。

那天晚上西方起了風，帶來了意外的暴風雨。潮水變得波濤洶湧，魚群也離開常待的廳堂，躲到了遠海。之後兩天完全釣不到魚。要是我沒有聽從鳥的警告，可能就完全沒東西吃了。

那次經驗讓我得出一個假設：鳥的智慧或許不是來自個體，而是一群，也就是群體的結晶。我想過什麼實驗可以測試這個理論，但我發現問題出在無法事前知道這種現象何時發生，因此唯一的辦法只有花上幾個月，甚至幾年，仔細觀察和詳盡記錄才行。可惜我現在做不到，因爲和另一人合作佔去了太多時間（這裡當然是指尋找偉大神祕的知識）。

不過，我是想到那個假設，才會記下這天早上發生的事。

我走進東北二堂，發現那裡和九廳一樣擠滿了各種各類的小鳥，於是便很高興跟牠們道了聲「早安！」。

我剛說完，就有二十多隻小鳥慌忙飛到北牆高處的雕像上，接著又一起飛到了西牆。

我想起上回也是這樣，然後就出現了信息。

「我注意到了！」我朝小鳥喊道：「你們想跟我說什麼？」

我聚精會神看著牠們的下一步。

小鳥分成兩群，一群飛到吹號角的天使像上，另一群飛到行過小浪的船隻雕像上。

「船和吹號角的天使，」我說：「很好。」

第一群鳥接著飛到翻閱大書的男人像上，第二群鳥則是飛到拿著大盤子或盾牌的女人像上，盾牌上有雲的圖案。

「書和雲，」我說：「好的。」

最後，第一群鳥飛到低頭注視手裡花朵的孩童雕像上。孩童的頭髮又蜷又曲，看上去也像一朵花。第二群鳥則是飛到爭食一袋穀物的鼠群雕像上。

「小孩和老鼠，」我說：「很好，我知道了。」

兩群鳥散開了，各自飛到堂裡的不同角落。

「謝謝你們！」我朝他們喊道：「謝謝！」

如果我假設正確，這回鳥群給我的信息肯定是最複雜的。牠們到底說了什麼？

船和吹號角的天使。吹號角的天使代表信息。是好消息嗎？也許。但天使也可能帶來嚴峻或嚴肅的信息。因此，天使是報喜或報憂還不曉得。船代表長途旅行。綜合起來就是來自遠方的信息。

書和雲。書裡有文字，而雲會遮蔽事物，所以是模糊的文字。

小孩和老鼠。小孩代表純眞，老鼠在吃穀物，糧食一點點消失，所以是純真遭受侵蝕或消磨。

所以就我看來，這便是鳥告訴我的事：來自遠方的信息，文字模糊，純真侵蝕。

我會等候一段時間再回頭看這則信息，可能等上幾個月，看看這段期間有沒有哪些事揭露出（或正好相反）信息的意義。

艾迪・多瑪勒斯

信天翁來到西南堂那年第六月第十五天

今天早上在西南二堂，另一人說：「我今天要進行儀式，你若有事先走沒關係。」儀式是另一人發明的魔法程序，用來釋放被囚禁在世界的偉大神祕知識，移轉到我們身上。我們目前嘗試過四次，每次做法都略有不同。

「我做了一些調整，」他接著說：「想看看聽起來如何，就地觀察。」

「我來幫你，」我興沖沖說道。

「好，」他說：「但你話不能太多。我需要專心，頭腦清醒。」

「沒問題，」我說。

今天另一人身穿中灰色西裝，搭配白襯衫和黑鞋子。他將那臺會發亮的裝置放在空基座上說：「我要做召喚，召喚時預知者必須面向東方。哪裡是東方？」

我指向東方。

「好，」他說。

「那我站在哪裡？」

「都可以，無所謂。」

我站到他南方兩公尺處，並決定面北，也就是面向他。我對儀式不了解，也沒有先見之明，只覺得這是助手適合站的位置，雖然次要，但和奧祕的詮釋者有連結。

「我需要做什麼？」我問。

「你什麼都不用做，只要照我吩咐的保持安靜就好。」

「我會專心將自己的靈力借給你，」我說。

「好，都行，你就那樣做，」他匆匆轉身查看那臺會發亮的裝置。「好了，」另一人說道：「儀式的第一部分我做了最多改動。之前我都只是召喚知識，要它降臨於我，但似乎沒什麼用。因此，我決定召喚艾迪・多瑪勒斯的魂靈。」

「艾迪・多瑪勒斯是人還是什麼？」我問。

「他是國王，過世很久了，是擁有知識的人，至少擁有一部分。我在其他儀式裡曾經成功召喚他協助，尤其是……」他忽然閉嘴，臉上閃過一絲困惑。「總之我成功召喚過他，」他這樣說。

另一人端正姿勢，開始進入奧祕詮釋者的角色。他抬頭挺胸，直起腰桿，讓我想起了南十九堂的教皇雕像。

忽然間，他剛才的話點醒了我。

「嘿，」我脫口大喊：「你從來沒有跟我說過你知道亡者的名字！你知道他是其中的哪一個嗎？知道的話拜託告訴我！我希望奉獻飲食給他時，能喊他的名字！」

另一人停下動作，皺眉說道：「什麼？」

「亡者啊，」我興奮說道：「你如果確實知道他的名字，就跟我說他是哪一個。」

「對不起，我被你搞糊塗了，你在說哪個跟哪個？」

「你曾經說至少有一位亡者擁有知識，只是後來失傳了，所以我想知道是哪位亡者。是餅乾盒人嗎？隱藏人？還是凹室人？」

另一人一臉茫然望著我：「餅乾盒……你在說什麼？哦，慢點，你是不是在講你發現的那些骨頭？不不不不不，不對，那些骨頭不是……那不是……喔，拜託，我不是說我需要專心嗎？我剛才不是說了？我們可以繼續嗎？我得把儀式弄清楚。」

我歉疚得無地自容。另一人的工作很重要，卻被我妨礙了。「沒問題，」我說。

「我沒有時間回答無關的問題，」另一人氣沖沖說。

「對不起。」

「你要是能閉上嘴巴，那就太好了。」

「我會的，」我說：「我保證。」

「很好。那麼，我進行到哪裡了？」另一人說。他深呼吸一口氣，再次抬頭挺胸打直腰桿，隨即舉起雙手，用宏亮的嗓音連喊了幾次艾迪・多瑪勒斯，並用各種方式高呼來吧！來吧！

沒有聲音。不久，另一人緩緩放下雙手，身體也跟著放鬆。「嗯，」他說：「正式來的時候，我可能需要香爐燒點香，這部分到時再看。召喚之後是唱名，說出我尋求的能力，例如超越死亡、看穿心靈或隱形等等。重點是唱名時要在心裡想像那種能力，想像自己長生不死，讀出別人的心思或身體消失不見之類的。」

我小心翼翼舉起手（我不想再被說成胡亂發問了）。

「什麼事？」另一人厲聲問道。

「我也要跟著做嗎？」

「對，可以的話。」

另一人再次嗓音嘹亮開始唱名，點出知識蘊含的能力。當他說到飛翔的能力，我想像自己變成魚鷹，跟同類翱翔在翻騰的潮水之上——另一人列舉的能力裡，我最喜歡的就是這個。老實說，其他的我都不大在乎。隱形對我有什麼用處？大多數日子，這裡除了鳥就沒有其他人會見到我。我也不想長生不死。屋子替鳥和人各自設定了壽命，對此我沒有怨言。

另一人唱名結束，我看得出他正在回想儀式做完的部分，心裡並不滿意。他兩眼注視遠方，臉上帶著怒意。「我覺得我應該對著某種——某種能量，某種有生命力的東西唱名才對。既然我尋求的是力量，這些話就應該對著有力量的東西說。你覺得有沒有道理？」

「有，」我說。

「但這裡找不到有力量的東西，甚至沒有活物，只有一成不變的無聊房間和沾滿鳥糞的破敗雕像。」另一人說完悶悶不樂。

我多年前就知道另一人不如我那麼崇敬屋子，但聽他這樣說還是讓我嚇了一跳。才智出眾如他，怎麼會說屋子裡沒有活物？下堂全是海生動植物，許多還非常美麗奇特。潮水也充滿動態與力量，即使不算是生物，也不能說它們沒有生命。中堂有鳥和人，他經常抱怨的糞便就是生命存在的證明！他說所有廳堂都一樣也不是事實。每座廳堂大異其趣，從石柱、壁柱、壁龕、半圓室到三角楣都是如此，門窗的數量也不相同。各堂有各堂的雕像，而且每尊雕像都獨一無二，就算重複也在非常遙遠的地方，因為我至今從未遇過。

然而，說這些沒有意義，我知道說了只會讓他更氣憤。

「星星呢？」我說：「晚上進行儀式的話，你就可以召喚星星。星星是力量和能量的來源。」

另一人沉默片刻，接著說：「有道理。」他語氣有些詫異。「星星，這倒是個不錯的主意。」他又想了想。「恆星應該比行星好，而且不需要很亮，只要比周圍的星星亮就好。最好是這座迷宮裡找得到地方，某個點或獨特的位置，可以對著最亮的星舉行儀式！」他興高采烈，但不一會兒便嘆了口氣，整個人像洩了氣的皮球。「可是應該很難吧？」接著他又開始說所有廳堂長得都一樣，而且只用「房間」來稱呼，還刻意強調以示輕蔑。

我感覺怒從中來，決定不要把我知道的事告訴他，但隨即又想這樣懲罰他太嚴厲了，因爲他也沒辦法。他看法和我不同不是他的錯。

「其實，」我說：「有一個堂跟其他堂都不一樣。」

「哦？」另一人說：「你從來沒提過。哪裡不一樣？」

「它只有一個出入口，而且沒有窗戶。我只見過那座堂一次。那裡氣氛很奇特，很難具體形容，但非常雄偉神祕，而且充滿臨在。」

「你是說像神殿嗎？」他說。

「對，像神殿。」

「你之前怎麼沒告訴我？」他追問道，感覺又開始發火了。

「呃，因爲離這裡有點遠，我想你不大可能去……」

但他對我的解釋不感興趣。「我得去看看那個地方，你能帶我去嗎？離這裡多遠？」

「那裡是西一百九十二堂，離一廳二十公里，」我說：「走路大概要三點七六小時，不含休息。」

「喔，」他說。

雖然並非我的本意，但我知道沒有比這話更讓他喪氣的了。另一人不喜歡探索世界，我想他從來不曾去過離一廳超過四五堂的地方。

他說：「我需要曉得的是，從那個房間的門望出去能看到什麼星星。你有概念嗎？」

我想了想。西一百九十二堂是東西向，還是東南—西北向？我搖搖頭。「我不曉得，沒印象了。」

「呃，你能再去一趟查清楚嗎？」他問道。

「你說去西一百九十二堂嗎？」

「對。」

我遲疑不答。

「有什麼問題嗎？」另一人問。

「要去西一百九十二堂必須經過七十八廳，那一帶經常淹水。就算現在是乾的，潮水從下堂沖上來的破瓦殘礫也會散落在周圍各堂。有些破瓦殘礫很利，會割傷人的腳，而腳流血不好，可能會發炎。經過破碎的大理石必須很小心，雖然走得過去，但非常費力，很花時間。」

「好吧，」另一人答道：「所以那裡有破瓦殘礫，但我還是不大明白問題出在哪裡。你之前肯定走過那片瓦礫堆，而且毫髮無傷回來了。這次哪裡不一樣？」

我臉上一紅，低頭望著鋪石地板。另一人西裝筆挺，鞋子發亮，看上去那麼整潔、那麼優雅，我卻完全相反，衣服破洞褪色，還被海水泡爛了。我百般不想讓他注意到我們兩人的對比，但既然他問了，我只好回答。我說：「不一樣就是上次我有鞋子，現在沒有了。」

另一人驚訝看著我棕皮膚的光腳丫。「這是哪時候的事？」

「大概一年前，我鞋子解體了。」

他哈哈大笑。「你爲什麼沒說？」

「我不想煩你，而且我覺得我可以用魚皮做一雙鞋，可是一直找不到時間。我只能怪自己。」

「我說眞的，皮拉奈奇，」另一人說：「你實在太蠢了！如果你就爲了這件事而不去那個……那個……你說叫什麼的房間……」

「西一百九十二堂，」我插嘴道。

「對，隨你怎麼叫。如果就爲了這個，我明天就給你一雙鞋。」

「哦！那眞是……」我正要開口，另一人就舉手打斷我。

「不用謝我，幫我查清楚那件事就好，我就這個要求。」

「喔，我一定會的！」我向他保證：「只要有鞋子就沒問題了。我三個半小時就可以走到西一百九十二堂，最多四小時。」

鞋子

信天翁來到西南堂第六月第十六天

今天早上在去西南三堂的路上，我先經過西南二堂，結果發現另一人靠過的空基座上擺了一個小紙盒。紙盒是深灰色，蓋子上畫了一隻淺灰色的章魚，還有一行橘色的字寫著：**水族館**。

我打開紙盒，乍看裡頭什麼都沒有，只有一張薄薄的白紙，但我掀開白紙發現底下是一雙鞋。鞋子用藏青色的帆布做成，讓我想起南堂的潮水。白色塑膠鞋底很厚，鞋帶也是白色。我將鞋從紙盒裡拿出來穿上，發現完全合腳。我試著走了幾步，感覺腳底有東西墊著，而且很有彈性。

我一整天都興奮得跑跑跳跳，手舞足蹈，為了穿新鞋的感覺而開心。

「你們看！」我對著北一堂裡從高處雕像飛下來看我在做什麼的那群烏鴉說：「我有新鞋了！」

但烏鴉只是嘎嘎叫了幾聲，就飛回原來的雕像上了。

另一人給過我的東西

信天翁來到西南堂第六月第十七天

我列了清單，記下另一人給我的所有東西，以提醒自己心存感激，並感謝屋子給了我這麼一位好朋友！

我命名星座那年，另一人給了我：

- 一個睡袋
- 一個枕頭
- 兩條毯子
- 兩張合成聚合物製成的魚網
- 四大張厚塑膠布
- 一支火把，但我一直沒用，也想不起來放到哪裡去了
- 六盒火柴
- 兩罐綜合維他命

我點數和命名亡者那年，他給了我：

- 一個乳酪火腿三明治

東北二十堂和廿一堂天花板塌陷那年，他給了我：

- 六只塑膠碗。我用它們接天花板裂縫和雕像臉上滴下來的淡水。六只碗裡頭一只是藍色，兩只紅色，三只雲白色。雲白色的碗很麻煩，因為它們幾乎和灰白色的雕像顏色一致，只要放著接水，它們就會立刻和環境融為一體，讓我看不見。我去年就這樣弄丟了一只碗，到現在還找不到。
- 四雙襪子。它們讓我雙腳溫暖舒服了兩年，但現在全是破洞。很可惜另一人沒想到要給我新的。
- 一根釣竿和釣魚線
- 一顆橘子

• 一片聖誕蛋糕
• 八瓶綜合維他命
• 四盒火柴

我去西九百六十堂那年，他給了我：

• 一枚手錶用的新電池
• 十本新筆記簿
• 各種文具，包括十二張用來製作星圖的大張紙、信封、鉛筆、一把尺和幾塊橡皮擦
• 四十七支墨水筆
• 更多綜合維他命和火柴

今年（信天翁來到西南堂那年）他給了我：

• 另外三只塑膠碗。比之前的好多了，因爲顏色鮮豔，很容易找。一只是橘色，兩只

是深淺不同的綠色。

- 四盒火柴
- 三罐維他命
- 一雙新鞋！

另一人那麼慷慨，我眞是欠他太多。若不是他送的睡袋，我冬天夜裡就不會睡得那麼安穩溫暖，也不會有筆記簿記下自己的想法。

不過，我有時還是會想，屋子爲何給另一人那麼多東西，而不是給我；爲何讓他擁有睡袋、鞋子、塑膠碗、乳酪三明治、筆記簿和耶誕蛋糕等等，而我有的幾乎只有魚。我想或許因爲另一人沒辦法像我一樣照顧好自己。他不會釣魚，就我所知也從來不曾撿過海草，風乾儲存，拿來生火或當美味的零食。他不會處理魚皮，將它製成皮革，做成許多東西。屋子如果不供應那些東西給他，他很可能會死，不然（更有可能的）就是我得花許多時間照顧他。

沒有亡者自稱艾迪．多瑪勒斯

信天翁來到西南堂那年第六月第十八天

我已經幾週沒有造訪亡者了，因此決定今天去走一走。一天之內要造訪所有亡者不是小工程，因爲有些亡者相隔好幾公里。我替每位亡者準備了一點水和食物，還有我在淹沒堂摘的水蓮。

每到一個壁龕或基座，我都會輕喚艾迪．多瑪勒斯，希望其中一位亡者能應聲，讓我知道那名字是他的。但當我跪在每個壁龕和基座前，不僅沒有亡者應聲，反而還感到微微的抗拒，彷彿想推開那個名字。

旅程

信天翁來到西南堂第六月第十九天

今天我先忙平常的活，釣魚、撿海草和登錄雕像，直到接近傍晚我才收拾東西，步行前往西一百九十二堂。

一路上，屋子給了我許多驚喜。

我在四十五廳看見整座臺階變成了巨大的淡菜床，臺階旁的牆上有一座雕像幾乎整個被青黑色的淡菜殼包住，只剩半張臉和一隻伸長的白手臂倖免於難。我在日記裡替他畫了素描。

我在西五十二堂見到一面牆金光閃閃，牆上的雕像彷彿都被那光芒吸進去了。從那裡我走進一個前堂，堂裡陰暗微寒，只有一兩扇窗戶。我看見一尊雕像，女子捧著寬口大盤讓小熊喝水。

快到七十八廳時，鋪石地板上開始出現瓦礫。起初零零散散，但愈靠近廳門，我腳下的地板就變得凹凸不平，充滿陷阱。廳裡破瓦礫底下有淺淺的水流過，角落裡堆滿了碎裂的雕像。

我繼續前進。到了西八十八堂，鋪石地板上不再有瓦礫，但又出現另一個問題。一群黑脊鷗在堂裡築了巢，我的闖入讓牠們火冒三丈，對著我嘎嘎亂叫，朝我飛來，甚至拍打翅膀，企圖用鳥喙啄我。我只好揮舞雙手，咆哮要牠們退開。

我終於來到了西一百九十二堂。我站在它唯一的門往內張望。周圍的堂都沉浸在柔和的暮靄藍光之中，只有這座堂（我之前說過它沒有窗戶）又黑又暗，雕像隱匿不見，從裡頭吹來一道輕風，宛如冰涼的呼息。

我不習慣漆黑。屋子全黑的地方很少，偶爾才會在某個前堂碰上陰暗角落，或是頹圮的堂裡有些地方被瓦礫擋住了光。但屋子基本上並不暗，就算夜裡也會有星光從窗外透進來。

我心想，要回答另一人的問題，站在堂門可以看到哪些星星，我只需要確定這座堂的方位，然後對照我畫的星圖就成了。但當我真的站在堂門口，才發現自己太樂觀了。因爲堂門雖然將近四公尺寬，但比起廣袤的天空還是非常渺小，除非我整夜待在堂裡親眼紀錄，否則還是無法判斷門會框住那些星星。

我不是很喜歡這個發展。

我記得自己之前曾經爬臺階上到東十九堂上方的上堂，發現那裡雲層密布，也還記得那裡滿是姿態猙獰的巨大雕像，以及那一張張因爲憤怒或痛苦而扭曲的面容。

我心想，要是舊事重演呢？要是我走進西一百九十二堂，躺在漆黑裡睡覺，結果醒來發現周圍全是嚇人的東西呢？

我開始氣自己，討厭自己的膽小。有什麼好想的？我走了四小時來這裡，結果卻因爲太害怕而放棄？開什麼玩笑？我告訴自己，之前在上堂遇到的事不大可能重演，畢竟我曾經來過這裡，來過西一百九十二堂。要是這裡的雕像特別暴力或可怕，我一定會記得。再說，我要對另一人負責。他需要知道從堂門可以見到哪些星星。

但那漆黑還是讓我心驚膽戰。於是我暫時放下進去的念頭，坐在堂外吃喝了點東西，在筆記簿裡寫下這則日記。

西一百九十二堂

信天翁來到西南堂那年第六月第二十天之一

寫完上一則日記，我便走進了西一百九十二堂。漆黑與寒冷立刻將我包圍。我往堂裡走了幾步，大約二十公尺，隨即轉身面對和外面走道窗戶完全對齊的堂門坐了下來，用毯子裹住身體。

起初，我強烈感覺到黑暗和未知雕像在我背後。堂裡非常靜。我經常歇息的那座北三堂裡鳥很多，夜裡常會聽見牠們挪動身子或拍打翅膀的窸窣聲。但就我所知，西一百九十二堂沒有鳥，牠們顯然和我一樣，覺得這裡有些恐怖。

我讓自己專注在一件熟悉的事上，豎耳傾聽下堂來的濤聲，聆聽海水拍打成千上萬間房室牆壁的聲響。那是我日日夜夜都會聽到的聲音。我每晚聽著潮聲入睡，有如趴在母親懷裡聽她心跳沉沉睡去的孩子。事實上，我一定是那樣睡著了，因爲下一秒我有意識的時候，是發現自己驚醒過來。

一輪滿月掛在門中央，照得堂裡一片光明。牆上雕像彷彿才剛轉頭望向門口，大理石眼珠直勾勾盯著月亮。這裡的雕像和其他地方的都不一樣，不是單獨一人，而是三三兩兩，有兩人摟著彼此，也有一手按著前面那人的肩膀想看清楚月亮，還有小孩牽著父親的雕像。甚至還有一隻對月亮沒興趣，抬起兩隻前腳趴在主人胸膛上想討他關心的大狗。後牆也站滿雕像，但沒有整齊分層，而是亂無章法四五成群。一名青年站在最前頭，整個人沐浴在月光下。他手裡拿著標語，臉上散發歡喜的光芒。

我差點忘了呼吸。那一刻，我彷彿能想像如果世界不是只有兩個人，而是成千上萬，那將會是什麼模樣。

西八十八堂

信天翁來到西南堂那年第六月第二十天之二

滿月西沉，堂裡漸漸變暗，門對面窗外的星座愈來愈亮。我記下自己觀察到的星座和星星，破曉時才躺下休息，睡了幾小時之後便起身回程。

我一邊走著，一邊思索偉大神祕的知識。另一人說偉大神祕的知識會賦予我們奇特的力量，但我忽然明白了。我發現自己不再相信這件事。這樣說似乎不夠精確。我覺得偉大神祕的知識可能存在過，也可能不存在，但不論如何對我都無所謂，我再也不想浪費時間尋求它了。

明白這件事——偉大神祕的知識對我一點也不重要——讓我恍然大悟。我早在還不懂爲何如此，不曉得自己是如何明白的之前，就知道是這樣了。當我試著回想自己如何明白，心中不斷浮現西一百九十二堂，浮現它的美麗與無比沉靜，還有雕像（看似）轉頭望著月亮時臉上的敬畏。我發覺，尋求偉大神祕的知識讓人將屋子看成某種待解的謎團或需要解讀的文字，只要找到偉大神祕的知識，屋子的價值就會被我們佔有，其餘一切從此只是陪襯。

看見月光下的西一百九十二堂，讓我明白這種看法有多可笑。屋子的價值就在於它是屋子。屋子自我俱全，它本身就是目的，不是達成目的的手段。

想法一個接著一個。我知道另一人每回提到偉大神祕的知識能帶來力量時，自己爲何感到不安了。譬如他說我們將有能力控制低等心靈。首先，這裡沒有低等心靈。屋子只有我和他，而我們的心智都很敏銳活躍。其次，就算低等心靈存在，我爲何要控制他們？

不再追尋偉大神祕的知識能讓我們自由，開始追求新的科學，跟著資料走。想到這裡我就忍不住興奮雀躍，只想快點回去找另一人，解釋給他聽。

我穿越廳堂往回走，滿腦子都是這些事，忽然聽見刺耳的鳥叫，這才想起西八十八堂住滿了黑脊鷗。我猶豫著要不要改道，但不管怎麼繞應該都得多走七八座堂，一點七公里左右，所以還是決定照舊。

我走進西八十八堂，半途見到鋪石地板上散落著白色物品，便拾了起來，結果發現是幾張撕碎的紙，而且上頭有字。我將揉皺的碎紙攤平，開始拼拼湊湊，其中兩張——不對，是三張——接得剛好，共同拼成一小張完整的紙頁，其中一邊凹凹凸凸，感覺是從筆記簿撕下來的。

就算紙頁拼回來了，我也看得出不好解讀，上頭的字跡跟糾結的海草一樣亂。我瞪大眼睛看了幾分鐘後，勉強看出「牛頭人」三個字。在它上面一兩行，我讀到「奴隸」兩個字，下面一兩行則是有「殺了他」三個字。但「牛頭人」這個詞特別讓我好奇，因爲一廳裡有八尊巨大的牛頭人雕像，而且尊尊不同。難道寫這頁紙的人去過我待的廳堂？

我很好奇這是誰寫的。不會是另一人。除了我確定他不喜歡探險，從來沒到過西八十八堂之外，我還曉得他的字很工整俐落。那就是其中一位亡者寫的了。是魚皮人嗎？還是餅乾盒人？隱藏人？這很可能是歷史意義不凡的發現。

知道該找什麼之後，我就在鋪石地板上發現了更多白色物品，因此便開始蒐集。我從西南角落出發，循序漸進檢視過堂裡每一塊地板鋪石。起初黑脊鷗大聲抗議，但後來發現我不靠近蛋和雛鳥，便對我失去了興趣。我找到四十七張紙片，但當我跪在地上開始拼湊之後，立刻發現還少了許多張。

我環顧堂內。黑脊鷗的巢不是築在雕像肩上，就是擠在基座上，還有一個築在大象的腿間，另一個顫巍巍搭在年邁國王雕像的王冠上。我看見王冠上的巢裡有兩張白紙片冒出頭來，便小心翼翼朝年邁國王走去，爬到隔壁雕像上想瞧個仔細，結果立刻遭到兩隻黑脊鷗攻擊。牠們用嘶鳴表示憤怒，還用翅膀和鳥喙戳我。但我意志一樣堅決，單手抓著雕像往上爬，另一手將鳥擊退。

鳥巢是用乾海草和魚骨七拼八湊成的，裡頭夾了五六張上頭有字的紙片。我爬下雕像回到堂中央，遠離牆壁、鳥巢和攻擊我的黑脊鷗。

我思考該怎麼做。這下拿到紙片是不可能了，黑脊鷗絕不可能讓我拆了鳥巢，而我也不想那樣做。不行，我只能等到夏末，甚至捱到初秋，等雛鳥長大，黑脊鷗捨棄鳥巢之後，我再回來蒐集所有散落的紙片。

我將那四十七張紙片小心翼翼放進背包裡，繼續踏上回程。

另一人解釋他之前就說過

信天翁來到西南堂那年第六月第廿二天

今天早上我帶了星圖去西南二堂。

我走進堂裡，只見另一人手肘和背靠在空基座上，兩踝交叉，神情一派輕鬆，身上的深海軍藍西裝一塵不染，襯衫白得發亮。他露出親切的微笑，朝我問道：「鞋穿起來如何？」

「太好穿了！」我說：「眞的很棒，謝謝你！但比起鞋子，我更在乎它證明了我倆的友情！我覺得有你這樣一位朋友，是我人生數一數二的幸福！」

「我盡量，」另一人說。「所以快告訴我，你進展如何？既然你都有鞋子了。」

「我已經去過西一百九十二堂了！」

「很好。你在那裡有見到星星嗎？有記下來嗎？」

「我有記下來，」我說：「可是沒有帶著，因爲要跟你說的我全記在心裡了。」接著我便跟他說了我在西一百九十二堂的見聞。「那裡最特別的是雕像，我是說除了只有一扇門和沒窗戶之外。尤其月光讓其中一尊雕像格外突出。那雕像是一名青年，我感覺他代表了——」

「別說那些了，你知道我對雕像沒興趣。跟我說星星的事，」另一人說：「你在那裡看到了哪些星星？」

「我指給你看，」說完我便打開其中一張星圖，放在空基座上。另一人立刻過來湊到我身旁。「我看見玫瑰座、慈母座和路燈座，快清晨時還看到鞋匠座和鐵蛇座（這些全是我替星星取的名字）。」

另一人仔細檢視星圖，接著拿起會發亮的裝置做了紀錄。

「其中有哪顆星特別亮嗎？」

「有，這一顆。它是慈母座裡的一顆星，算是在她伸長的手臂前端，是天空裡最亮的星星之一。」

「好極了，」另一人說：「最亮的星代表最偉大的知識。嗯，你出外的時候，我做了一個決定，就是親自去那個房間一趟，在那裡進行儀式。那裡顯然比我在迷宮裡去過的地方都遠得多，因此有風險……」他頓了一下，但仍一臉果決，彷彿在讓自己下定決心。「可是拿回報和風險相比——嗯，回報可能大多了。你帶回來的消息很珍貴，我需要你再回去，記錄一年不同時間會看到的星座。」

我該跟他說我在路上明白的道理了，關於偉大神祕知識的事。

「說到這個，」我說：「我也有件事要告訴你。這是我在路上的發現，我覺得一定要跟你分享，因爲這件事對我們未來的研究有深遠的影響。我們不該再尋求偉大神祕的知識了！當初我們會這樣做，是因爲我們認爲值得爲了它努力，值得全心投入，其實並不然。我們應該立刻放棄這件事，建立新的科學研究計畫！」

另一人完全沒在聽，只是低著頭在會發亮的裝置上做筆記。「啊？什麼？」他說。

「我在說我們尋求偉大神祕知識的事，」我回答：「還有屋子讓我明白我們應該放棄這項計畫。」

另一人停下手指敲打的動作，花了半晌理解我說了什麼，接著將裝置放在空基座上，雙手摀臉發出類似哀鳴的聲音，摁揉眼睛說：「喔，天哪！別又來了！」

他放下雙手，轉身望著遠方。「你別說話，」他說（雖然我根本沒開口）：「我需要思考。」

沉默許久後，他似乎做了決定。「你坐下，」他說。

我們一起坐在鋪石地板上。我雙腿交叉，他兩腿收在胸前，斜靠著空基座。

另一人臉上浮現幾分陰沉，感覺不想看著我。從這些跡象我看得出他很憤怒，但努力不表現出來。

他清了清喉嚨。「那個，」他按捺著情緒說：「關於你爲何不該停止尋求知識有三個理由，三個。我現在一個個跟你說，說完之後我想你就會明白我說得對。我只希望你聽我說。你應該做得到吧？」

「當然，」我說：「跟我說是哪三個理由。」

「好，第一個理由是這樣的，你可能覺得我很自私，我是爲了自己而追求知識，其實遠非如此。你我一起進行的追尋，是一項確確實實的偉大計畫，具有劃時代的意義，重要性在人類史上數一數二。我們尋求的不是新知識，而是古老的知識，非常古老。過去的人曾經擁有它，利用它做了許多偉大神奇的事。他們應該保留那些知識，對它敬畏有加，可惜並沒有，反而爲了名爲進步的東西拋棄了它。我們需要把它找回來。我們這樣做不是爲了自己，而是爲了人類，爲了找回人曾經愚蠢失去的東西。」

「我知道，」我說（他這樣講確實讓整件事感覺稍有不同）。

「而且就我來說，」另一人接著道：「我覺得這件事太重要、太關鍵，因此無論如何都得繼續尋找不可，我別無選擇。你要是決定放棄，嗯，我想我們就不再是同事了，每週二和週五的會面也就不再需要了，因爲那還有什麼意義？我會繼續做我的研究，而你就去——」他微微甩了甩頭。「做你在做的事。我當然不希望如此，這點要先講明白，但結果必然會是那樣。這是第二個理由。」

「欸！」我完全沒想到他和我將不再一起做事。「可是跟你共事是我人生最大的快樂之一耶！」

「我知道，」另一人說：「我對你當然也是同樣的感覺。」他頓了一下。「接著我要告訴你第三個理由。但在此之前，你得先聽我說一件事，」他緊盯著我，觀察我臉上的表情。「這件事比我之前說過的事都要緊。皮拉奈奇，這不是你第一次跟我說你想停止追尋知識，也不是我第一次跟你解釋那樣做不對。我們倆剛才說的這些話，之前都說過了。」

「我……什麼？」我驚訝得不停眨眼。「什麼？……不對，不對，不是這樣。」

「不，恐怕就是這樣。老實說，迷宮會迷惑腦袋，讓人忘記事情。要是不小心，迷宮甚至能瓦解你的整個人格。」

我呆若木雞。「這些事我們說過幾回了？」最後我開口道。

另一人想了想。「今天是第三次。我發現有個規律，你大概每隔十八個月就會說你想停止尋找知識，」他瞄了我表情一眼。「我知道，我知道，」他同情地說：「這種事很難接受。」

「但我實在不懂，」我反駁道：「我記性那麼好，去過的每一座堂都記得，總共七千六百七十八座。」

「迷宮的事你全記得，所以你對我的工作才會那麼重要。但其他事情你確實會忘記，當然還包括時間。」

「什麼？」我不敢相信。

「時間，你總是忘記時間。」

「才沒有，」我火大地說。

「眞的有。老實說，這有點麻煩，因爲我每天行程都很滿，但有時來這裡會面，你卻沒出現，因爲你又漏了一天。我有好幾次都得糾正你，因爲你的時間感對不上。」

「對不上什麼？」

「對不上我，還有其他所有人。」

我驚訝得說不出話來。我不相信他，但也不會不相信他。我不知道該怎麼想。但就算如此困惑，有一件事仍然很清楚，我依然澈底相信，那就是另一人既誠實，又高貴，而且勤勉。他不會說謊。「那你爲什麼不會忘記？」我問。

另一人沉吟片刻。「因爲我做了預防措施，」他謹愼說道。

「我不能做嗎？」

「不行，沒辦法，做了也不管用。抱歉，我不能交代原因和爲什麼，太複雜了，但我有一天會跟你解釋的。」

儘管我不滿意他的回答，可是實在沒有精神和心力追問下去。我整副心思都卡在自己到底忘掉哪些事情上了。

「對我來說，這件事很令人擔心，」我說：「要是我忘記重要的事，例如潮汐的時間和模式，搞不好就會溺死。」

「不會不會，」另一人安撫我說：「這點不用擔心，你不會忘記那種事。只要我覺得你會有危險，不論危險再小，我都不會讓你亂跑。我們已經認識好多年，你對迷宮的認識大幅增加，這點眞的是非比尋常。至於其他事情，你忘記的那些重要事，我可以提醒你。但就是因爲你會忘記而我記得，所以我們倆的目標由我決定才會那麼重要。由我決定，而不是你。這是我們應該繼續尋求知識的第三個理由，你可以理解嗎？」

「可以。我可以，至少……」我沉默片刻，接著說：「我需要時間想一想。」

「當然，沒問題，」另一人說。他拍拍我的肩膀安慰道：「我們週二再談。」

他起身走到空基座前，檢視那臺會發亮的小裝置。「總之，」他拿起裝置說：「我得走了。我在這裡已經逗留快五十五分鐘了。」說完他便不再開口，轉身朝一廳的方向走去。

另一人說我記憶有破口，但他的說法和世界有出入

信天翁來到西南堂那年第六月第廿三天

另一人說我記憶有破口，但就我所見，他的說法和世界有出入。

在他向我解釋的當下，以及其後一段時間，我都不曉得該怎麼想，甚至有幾度經歷了類似恐慌的感覺。難道我真的完全忘了我們的對話？

但日子一天天過去，我始終找不到記憶喪失的證據，可以證實另一人的說法。我每天忙著日常瑣事，補好一張破洞的魚網，替雕像做紀錄，傍晚到八廳的下層臺階釣魚。落日餘暉穿過下堂窗戶照了進來，打在波浪上，讓臺階天花板和雕像臉龐漾起一道道金黃的水光。夜幕降臨後，我傾聽月亮和星星對我唱歌，我也齊聲唱和。

世界感覺完整俱足，而我作爲世界的兒女，則是和它完全契合，沒有任何斷裂，沒有我該記得卻不記得，該理解卻不理解的事物。唯一讓我感覺斷裂的，只有我和另一人之前那番詭異的談話。因此我不得不問自己，到底是誰的記憶出了錯？是我還是他？或許是他記錯了，那幾次對話根本不存在？

兩樣記憶。兩個聰穎心靈對過去的記憶人不相同，這眞是麻煩。沒有第三人可以指出誰對誰錯（要是第十六人還在就好了！）。

至於另一人說我會漏掉時間和搞錯日期，我看不出怎麼有可能是對的。我用的日曆是我自己發明的，怎麼可能像他說的「對不上」？根本沒什麼可以對不上的。

我心想，這會不會是他三週半前問我那個怪問題的原因？就是裡頭有個怪詞的問題。

我回頭看日記，發現那個怪詞是「拍擊—海」。

就這樣，難題突然有解了！我只要重看日記，尋找裡頭有沒有不一致的地方，有沒有哪些事寫在日記裡，我卻不記得的就行了。沒錯！這樣做肯定能水落石出，而且其實只有一個缺點，就是得花不少時間，因爲我話很多，而我現在無法從手邊的事情擠出時間來。

我決定接下來幾個月之內要開始重讀日記，並且假設有問題的是另一人的記憶，不是我的。

我寫了一封信

信天翁來到西南堂那年第六月第廿四天

底下是我用粉筆寫在西南二堂鋪石地板上的信件內容：

親愛的另一人：

雖然我不再認為尋找偉大神祕的知識是值得進行的科學嘗試，但還是決定繼續協助你蒐集你需要的資料。我認為這才是正確的做法。你的科學工作不該只是因為我對你的假設失去信心而受阻。希望這個決定你能滿意。

你的朋友

另一人提醒我小心第十六人

信天翁來到西南堂那年第六月第廿六天

今天早上我去了西南二堂和另一人碰面。我承認自己有些緊張，不知道見面情況會是如何。我有時一緊張就話多，因此一見到另一人馬上就開始長篇大論，無謂地解釋起我用粉筆在鋪石地板上寫的信。

其實無所謂，因爲講到一半我察覺另一人根本沒在聽。他低著頭若有所思，手裡漫不經心把玩著外套口袋裡的小金屬物品。今天他穿了炭黑西裝和黑襯衫。

「你沒有在迷宮裡遇過其他人，對吧？」他突然問。

「其他人？」我說。

「對。」

「沒見過的人？」我說。

「沒錯，」他說。

「沒有，」我說。

他審視我的臉，彷彿懷疑我回答的眞實性，緊接著神情一鬆說：「不不不，不可能。這裡只有我們兩個。」

「沒錯，」我附和道：「只有我們。」

短暫沉默。

「除非，」我說：「屋子有其他人在別的地方，在你我都沒見過的遠處。我一直好奇這件事，但始終無法檢驗這個假設——除非哪天發現人類活動的跡象，無法合理歸給亡者的蛛絲馬跡。」

「嗯，」另一人說道。他再度陷入沉思。

又是一陣沉默。

我忽然想到自己可能見過這種跡象了，就是我在西八十八堂發現的那些上頭有寫字的紙片！它們或許是亡者留下的，但也可能是某個我們還不知道的人寫的。我正想告訴另一人這件事，他就開口了。

「聽著，」他說：「我要你答應我一件事。」

「沒問題，」我說。

「你要是在迷宮遇到人，只要你不認識，我希望你答應我不會跟他們交談，而且務必躲起來，離他們遠一點，千萬別被他們看見。」

「喔，可是那樣豈不是太可惜了？」我說：「第十六人肯定擁有我們不知道的知識，能告訴我們世界遙遠地區的事。」

另一人一臉茫然。「什麼？你這話什麼意思？什麼第十六人？」

於是我跟他說了十三名亡者和兩個活人的事，如果再加一人就會是第十六人（我跟他解釋過很多次了，但另一人似乎永遠無法將重要的事記到腦袋裡）。

「我知道『第十六人』這個名字有點拗口，」我說：「你想的話，我們也可以簡稱他爲『十六』。重點是十六知道一些關於世界的事，我們不知道，所以……」

「不不不不不，」另一人說：「你不明白。我們離那個人愈遠愈好，眞的。」他頓了一下，接著又說：「我跟你說，皮拉奈奇，我見過那個人，就是你稱呼他『十六』的傢伙。」

「什麼？不會吧！」我興奮驚呼：「所以世界眞的有第十六人囉？你之前怎麼都不跟

我說？這眞是太棒了！値得大大慶祝！」

「不對，」另一人沮喪搖頭說：「不是的，皮拉奈奇。我知道這對你意義非凡，而我很遺憾不得不向你吐實。但這件事並不値得慶祝，甚至恰恰相反。這個人，就是你說的十六，他對我不懷好意。十六是我的敵人，因此也是你的敵人。」

「喔！」我陷入了沉默。

眞是太糟了。我當然知道敵對是什麼意思，屋子有許多互相對立的雕像。可是我從來不曾親身體會過。我心裡忽然冒出一個念頭，我在西八十八堂撿到的其中一張紙片上寫著「殺了他」。寫下這幾個字的人就有過敵人。

「你會不會搞錯了？」我問道。「或許一切只是誤會。十六出現的時候，我可以跟他解釋，說你是個好人，有許多可敬的品德。我還可以向他證明，他對你的惡意是沒有合理根據的。」

另一人笑了。「眞有你的，皮拉奈奇，總是往好處想。只可惜這件事沒辦法。這就是我不想告訴你十六的事的原因。你覺得十六可以講道理，但很遺憾並非如此。十六和我們完全相反，反對一切你和我認爲寶貴與重要的事物，包括理性。連理性也是十六想破壞的東西。」

「眞可怕！」我說。

「沒錯。」

我們又陷入沉默，感覺沒什麼能說的。我很驚訝他口中的十六竟然那麼邪惡，連理性也反對！

過了一會兒，另一人接著說：「不過，我可能搞得你我太緊張了，畢竟十六來這裡的機率非常低。」

「爲什麼機率很低？」我問道。

「十六不知道怎麼來這裡，」另一人朝我微笑道：「你不用擔心。」

「我盡量，」我說，接著忽然想到一件事：「你什麼時候遇見十六的？」

「嗯？喔，前天。」

「你去了很遠的地方見到十六的？你從來沒告訴我。跟我說說那些地方吧！」

「什麼意思？」

「你說你見過十六，但又說十六不曉得怎麼來這裡，那就表示你一定是在他住的廳堂見到他的，或是在某個偏遠的區域。所以我很驚訝，因爲我以爲從我認識你到現在，你都沒有長途旅行過。」

我微笑看著另一人，等他開口，心想他的回答一定很有意思。

但他一臉茫然。除了茫然，還有些驚惶。

漫長的沉默。

「其實……」他才剛開口就似乎改變了主意，放棄原本要說的話。「其實我們在哪裡遇到不重要，而且現在也沒時間講那個。有人需要我……我是說我得走了。我只是想警告你，知道嗎，提醒你小心十六，」說完他朝我匆匆點了點頭，拿起會發亮的裝置就朝一廳走了。

「再見！」我朝他背後喊道：「再見！」

我更新了我對十六的認識

信天翁來到西南堂那年第六月第廿七天

我對另一人見過十六這件事很感興趣，只可惜他對此三緘其口。我很想知道他們是在什麼情況、什麼地點遇見的，但我想另一人不想多談他和惡人見面的經過。

六週前我在日記裡（參見「所有曾經住在這裡的人和他們的故事」）寫下的內容已經過時了，因此今天早上我在那一則裡加了註記，導引讀者跳到這一則來。

第十六人

第十六人住在屋子的偏遠區域，可能在北方或南方。我沒見過他，但另一人說他性格狠毒，對理性、科學和幸福懷有惡意。另一人認爲十六可能嘗試來過這裡，希望打亂我們的平靜生活。他還警告我要是在這裡見到十六，一定要躲起來。

一廳

信天翁來到西南堂那年第七月第一天

今天我決定去一廳走走。說來奇怪，我很少去那裡。之所以說「怪」，是因爲幾年前我開始替廳堂編號造冊時，選了那裡作起點，其他地方都以它爲基準。而以我對自己的了解，除非我和一廳有什麼特別的關聯，否則不會選擇它，但我已經不記得關聯是什麼了（難道另一人說得沒錯？我確實會忘記事情？我想到這一點就不舒服，於是就不想了）。

一廳非常壯觀，比大多數廳堂都大、都暗。廳裡有八尊巨大的牛頭人雕像，每尊高約九公尺，仰望時雄偉極了，壯碩的身軀與昂然大角讓廳堂為之黯淡，臉上的獸類表情莊嚴而神祕。

一廳和周圍廳堂的溫度不同，冷了四五度，而且不時有氣流吹來，挾帶著雨水、金屬和汽油的味道。我之前聞到過許多次，但似乎過後即忘。今天我刻意留意那股氣味，發現它既不好聞，也不刺鼻，但非常有意思。我循著味道沿著南牆走，一直走到鎮守東南角落兩側的兩尊牛頭人像前。這時我察覺到了一件事：兩尊雕像間的陰影形成了某種錯視，看上去無限往後延伸，宛如一道長廊，盡頭是一團迷濛的光。光團裡摻著其他光線，似乎在閃爍移動，而氣流和味道好像都是從那裡傳來的。我還聽見微弱的聲響，類似震動和敲擊聲，感覺很像海浪，但沒那麼規律。

忽然間，我聽見腳步聲，然後是某人氣沖沖大喊：「……我拿錢可不是為了幹這個。我告訴他，『老兄，你到底在講什麼？開他媽的什麼玩笑！』」

另一個比較悶的聲音說：「有些人真是不知羞恥。我是說他們腦袋裡想的都是……」

接著腳步聲便走遠了。

我彷彿被人刺了一下往後跳開。

剛才是怎麼回事？我小心翼翼再次走到東南角落前，朝雕像之間望去，只見陰影變得模糊稀疏，雖然看得出幾分長廊的輪廓，但也僅此而已。冰涼的氣流在我踝邊打轉，而我依然聞到雨水、金屬和石油的味道，但光和聲響都消失了。

正當我想著這些事，鋪石地板上忽然一個接一個飄來了四個洋芋片包裝袋。我忍不住怒斥一聲。我以爲這個問題已經解決了。之前有段時間，我老是在一廳看見洋芋片的包裝袋，還有舊的炸魚條和豬肉卷包裝紙。我總會把它們撿起來燒了，免得破壞屋子的美（我不曉得是誰吃的洋芋片、炸魚條和豬肉卷，但實在希望他能愛乾淨一點）。我還在大理石臺階的轉角底下發現一個睡袋，不只很髒，還臭得要命。但我把它澈底洗乾淨後，就變得非常好用。

我追上那四個洋芋片包裝袋，將它們撿了起來，結果發現第四個並不是包裝袋，而是揉皺的紙團。我攤開紙團，看見上頭寫著這段話：

我只希望你告訴我怎麼去到你跟我說過的那座雕像，就是老狐狸教導年輕松鼠和其他動物的雕像，因為我很想親眼瞧瞧。這件事並不難，應該在你能力範圍內。請在底下寫下路線，我在你午餐旁邊放了一支原子筆。

勞倫斯

又及：別忘了帶綜合維他命。趁熱吃——我說午餐，不是筆。

留言下方雖然空了一大塊讓收信人回覆，不過仍是空白的，我猜對方並沒有給寫信者他們想要的資訊。

我很想留著這張紙，因爲它證明之前有兩個人存在，一個叫勞倫斯，另一個是勞倫斯寫信和提供午餐及綜合維他命的對象。但他們倆是誰？我想了想，立刻排除他們其中一人是十六的可能，因爲另一人說十六不認得來這裡的路，可是勞倫斯和他朋友顯然曾經很熟悉這裡的廳堂。他們倆也許是我記在筆記簿裡的亡者。但還有另一個可能，就是他們住在遙遠的廳堂。假如勞倫斯還活著，還在等雕像的消息，那我就不該拿走這張紙。

我拿出筆，在空白處寫了以下的話：

親愛的勞倫斯

雄狐教導兩隻松鼠和兩位羊頭人的雕像在西四堂。從這裡走西門到隔壁堂，然後穿過右邊第三道門就會到西北一堂。沿著（左手邊的）南牆走，然後一樣穿過第三道門，你會進到一個走廊，走到底就是西四堂，而雕像在西北角落。它也是我最喜歡的雕像之一！

1.你如果還活著，那我希望你能讀到這封信，而我提供的資訊也對你有幫助。有一天我們或許會見面。你在北西南堂都能見到我，東堂已經荒廢了。

2.你如果是我記在筆記簿裡的亡者，正巧魂靈經過這裡讀到這張紙，那我希望你已經知道我經常會去你的壁龕或基座跟你說話，奉獻飲食給你。

3.你如果是亡者，但不在我記事簿裡，那請你記得我會去世界很多很遠的地方。只要我發現你的遺骨，就會奉獻飲食給你。倘若我發現沒有人照料你，就會將你的遺骨帶回我的廳堂，整理好之後跟我登記過的亡者擺在一起，讓你不再孤單。

願屋子的美善庇蔭我們兩人。

你的朋友

我將紙放在最靠近東南角落的牛頭人腳下，再用一塊小石頭壓住。

卷三

CHAPTER 3

先知

先知

信天翁來到西南堂那年第七月第二十天

大把大把的光從窗外照進了東北一堂。一名男子背對我站在一束光裡，仰頭望著滿牆雕像動也不動。

那不是另一人。他比另一人更瘦，而且沒那麼高。

十六！

沒想到會面這麼突然。我才從其中一扇西門走進來就見到了他。

他轉頭看我，但沒有動作，也沒說話。

我沒有逃跑，反而朝他走去（也許這樣做是錯的，但要遵守我對另一人的承諾躲起來已經太遲了）。

我緩緩從旁靠近，一邊打量他。那人年紀很大，皮膚乾燥如紙，手上血管曲張，眼睛大而深邃，眼皮垂得厲害，眉毛像彎月一般，嘴唇細長而有動感，鮮紅且異常濕潤。他穿著威爾斯格紋西裝，看上去應該是長年削瘦，因爲西裝雖然很舊了，卻還是相當合身。換句話說，西裝起皺鬆垂是因爲布料老了磨損了，而非剪裁不合。

我心裡有股莫名的失望。我以爲十六會和我一樣年輕。

「你好，」我說，心想他聲音聽起來不知如何。

「午安，」他說：「如果這裡是下午的話。誰曉得呢？」他講話有種慢條斯理的老派與高傲。

「你是十六，」我說：「第十六人。」

「我沒聽懂你的意思，年輕人，」他說。

「世界有兩名活人和十三位亡者，現在再加上你，」我解釋道。

「十三位亡者？眞有意思！沒人跟我說過這裡有人的遺骨。他們都在哪裡呢，我滿想知道的。」

於是我跟他說了餅乾盒人、魚皮人、隱藏人、凹室人和抱膝童。

「我說，這眞是太神奇了，」老人說：「但我記得那個餅乾盒。它之前就擺在我大學研究室角落一張小桌上的杯子邊，怎麼會跑去那裡了？不過，我可以告訴你一件事。你那十三名亡者裡頭應該有一個是史丹．歐文登看上的義大利小帥哥。他叫什麼名字去了？」他轉頭沉思片刻，接著聳聳肩道：「算了，我想不起來。還有一位亡者應該是歐文登。他一直來這裡找那位義大利年輕人。我跟他說那樣會惹禍上身，但他就是不聽。你知道，就是犯罪什麼的。席維雅．達戈斯提諾如果也是亡者之一，我也不會意外。九〇年代初期之後，我就再也沒聽說她的消息了。至於我嘛，年輕人，我知道你可能認爲我是『十六』，其實不然。這裡雖然吸引人……」他環顧四周說：「但我無意久留，只是順道經過。有人跟我說你在這裡。不對，」他修正自己道：「這樣說不大正確。有人告訴我他們覺得你出了什麼事，於是我推斷你在這裡。那人給我看了一張你的照片，因爲你長得實在可愛，我就決定來瞧你一眼。幸好我有來。老實說，你過去肯定很好看……在事情發生前。唉！我年紀大了。你也是。瞧瞧我們兩個現在都成了什麼樣！但話說回來，你提到這裡有兩個活人，我想另一位是凱特利吧？」

「凱特利？」

「瓦倫．凱特利，個子比你高，黑頭髮黑眼睛，留鬍子，膚色也很深，因爲他母親是西班牙人，就是這麼回事。」

「你是說另一人嗎？」我說。

「什麼另一人？」

「另一個人，除了我以外的活人。」

「哈！沒錯！我懂你意思了！那個名字眞是太適合他了！另一人，不論如何他都只會是『另一人』，永遠有人在他前面，他永遠是配角。他自己也知道。這讓他受不了。他曾經是我的學生，你知道。對，你沒聽錯。的確，他從頭到腳就是個大騙子。外表一副聰明睿智的模樣，還有咄咄逼人的黑眼眸，可是腦袋裡一點自己的想法也沒有，全是二手貨。」老人頓了一下又接著說：「他的所有想法其實都來自我。我是我那個世代最偉大的學者，甚至所有世代。我推論這地方……」他雙手一揮，指著這座堂、整間屋子和所有一切。「曾經存在過，結果確實如此。我推論有路可以來這裡，結果也是。於是我到這裡來，也派其他人過來，只是沒有聲張，也要求其他人絕對保密。對你們或許稱之爲道德的東西，我向來不大感興趣，但我的底線是不能讓文明崩解。說不定這樣做是錯的，我不知道。我確實滿感性的。」

他斜著一隻眼皮下垂的眼睛，不懷好意瞅著我。

「我們到最後都付出了慘重的代價。我的代價是坐牢。是的，你沒聽錯。我想你應該嚇到了吧？我也希望這是誤會一場，但他們指控的那些事我確實有做，而且老實說，我還做了很多事，他們根本不知道。不過你知道嗎，我還滿喜歡監獄的，在那裡遇到很有意思的人，」他又頓了一下。「凱特利有跟你說這個世界是如何造成的嗎？」

「沒有，教授。」

「你想知道嗎？」

「當然想，教授，」我說。

老人似乎對我的熱切感到欣慰。「那我就告訴你。事情要從我年輕時說起。我向來比同儕聰明許多，而我第一個偉大的洞見就是我發現人失去了許多能力。從前的人可以變成老鷹，飛到極遠的地方。他們能跟山川溝通，向它們學習智慧。他們從心裡就能感受到星星轉動。從前的人都擁抱進步，深信新的一定勝過舊的，彷彿才德是時間的函數！但我認爲古代的智慧不可能憑空消失。沒有東西會憑空消失，現實中不可能。我認爲智慧就像一股能量，從世界流失之後一定會流向某處。於是我忽然明白，一定存在著其他地方、別的世界，所以就開始尋找。」

「結果你有找到嗎，教授？」我問。

「我有，就是這裡。這裡就是我所謂的文流世界，由另一個世界流出的想法創造出的世界。必須先有另一個世界，它才會存在。它是否仍然需要另一個世界繼續存在才能存在，我不知道。這些在我寫的書裡都有。我想你應該沒讀過吧？」

「沒有，教授。」

「可惜，那本書很精彩，你會喜歡的。」

老人說話時，我全神貫注地聽著，努力了解他是誰。他說他不是十六，但除非有更多證據，否則我沒那麼天眞會相信他。另一人說十六很邪惡，因此十六可能會謊報自己的身分。但聽著聽著，我愈來愈確定老人沒有說謊，他不是十六。我是這樣推論的：另一人說十六反對理性和科學發現，但這點和老人不符。老人跟我和另一人一樣喜歡科學；他知道世界如何造成，並且急於將這份知識告訴我。

「我問你，」他說：「凱特利仍然認爲古人的智慧還在這裡嗎？」

「你是說偉大神祕的知識嗎，教授？」

「沒錯。」

「他認爲在。」

「他還在尋找那個知識嗎？」

「是的。」

「眞有趣，」老人說：「他找不到的。那個知識不在這裡，它不存在。」

「我最近正開始有這個感覺，」我說。

「那你比他聰明多了。他會覺得那個知識隱藏在這裡，恐怕也是我給他的想法。我在見到這裡之前，也以爲創造這個世界的知識應該還在這兒遊蕩，等人來撿拾與擁有。當然，我一到這裡就明白那個想法有多荒唐。想像地底下有水，年復一年流過同樣的縫隙，鑿切石頭，幾千年後形成了一個洞穴世界，但創造洞穴的水已經不在了，早就無影無蹤，滲進土裡消失了。偉大神祕知識也是同樣的道理，但凱特利太自我中心，只想著用處。他無法想像一個東西如果不能利用，還有什麼存在價值。」

「這裡會有雕像就是因爲這個嗎？」我問。

「這裡會有雕像就是因爲哪個？」

「這裡會有雕像是因爲他們展現了另一個世界流到這裡來的概念和知識嗎？」

「嘿！我怎麼沒想到這一點！」老人開心道：「這觀察太敏銳了。對，沒錯！我覺得非常可能！搞不好我們倆聊天的當下，就有廢棄電腦的雕像正在迷宮裡某個偏遠地帶形成呢！」他停頓片刻。「我不能久留。我太清楚在這裡逗留的後果了：失憶和澈底心理崩潰等等等等。不過，我得說你講話倒是有條有理得令人意外。可憐的詹姆士·瑞特，他後來連一句話也講不好，可是在這裡待的時間還不及你的一半。不對，我來這裡其實要跟你說的是這個，」老人伸出乾枯如紙的冰冷手掌握住我的手，隨即猛然將我拽到他面前。他身上帶著紙墨的味道，以及比例均衡的洋茴香和紫羅蘭香水味。而在這些味道底下，我還聞到一股近乎穢物的不潔氣味。雖然很淡，可是絕不會錯。「有人在找你，」他說。

「十六嗎？」我問。

「我忘了你剛才說十六是什麼。」

「第十六人。」

老人側頭沉思。「算……是吧。無所謂。就假設他是『十六』吧。」

「可是我以爲十六在找另一人，」我說：「十六是另一人的敵人，另一人是這樣告訴我的。」

「另一人……？哦，你說凱特利啊！不不不！十六沒有在找凱特利。你現在明白我說他太自我中心的意思了吧？他以爲所有事都跟他有關。但他搞錯了，十六在找的其實是你。十六問過我要怎麼找到你。雖然我不是特別想幫十六，我誰都不是特別想幫，但只要能讓凱特利吃癟，我絕對贊成。我恨他。過去廿五年來，他逢人就說我壞話，所以我絕對會好好跟十六說明怎麼來這裡，鉅細靡遺。」

「教授，請你別那樣做，」我說：「另一人說十六不是好人。」

「不是好人？我可不會這樣說。比起大多數人，十六並不壞。很抱歉，但我就是非得告訴十六如何來這裡不可。我想鬧個雞飛狗跳，送十六來這裡是最好的辦法。當然，十六還是有可能來不了，而且可能性其實還不小。如果沒人指路，很少人能來這裡。其實除了我以外，我只認識一個人曾經做到過，那就是席維雅．達戈斯提諾。她似乎很會鑽縫隙，如果你懂我意思的話。凱特利就很差勁，即使我跟他說明了非常多次，他還是沒有裝備就來不了。蠟燭、象徵門的柱子或儀式之類的。我猜他帶你來這裡的時候，你都看過那些玩意兒了。然而，席維雅卻是隨時能溜走。前一秒你還見到她，下一秒她就不見了。有些動物也有這種本事，例如貓和鳥。八〇年代初期我養過一隻捲尾猴，牠也隨時知道路。我會告訴十六怎麼來，之後就看十六的天分了。你只需要記得凱特利很害怕十六。十六愈接近，凱特利就會變得愈危險。他要是不訴諸暴力，我才會感到意外呢。你可能得殺了他之類的，才能阻止（他把阻唸成了主）危險。」他朝我微笑。「我得走了，」他說：「我們不會再見面了。」

「這樣的話，教授，祝你一路平安，」我說：「沿途不遇到破地板，屋子也向你盡情展現它的美。」

老人沉默片刻，似乎在打量我的臉，接著忽然想起最後一件事。「你知道嗎，你之前想見我，可是我拒絕了。但我不後悔。你寫給我的那封信，讓我覺得你是個傲慢自大的小鬼。當時或許是吧，但你現在……很有魅力，非常迷人。」

老人說完拾起鋪石地板上糾成一團的雨衣，不疾不徐地朝通往東二堂的門口走去。

我思索先知的話

信天翁來到西南堂那年第七月第廿一天

能有這場意外的相會，我自然相當興奮，因此立刻拿出日記將一切記了下來，並且將標題定爲「先知」，因爲那位老人肯定是預言者。他不僅解釋了世界是如何創造的，還跟我說了許多唯有先知才會知道的事。

我細細品味他的話。雖然有許多內容我不了解，但我想面對先知就是如此。他們心智卓越，思路在我們看來總是相當古怪。

我無意久留，只是順道經過。

從這句話我就知道他住在偏遠堂，並打算立刻回去。

我知道你可能認爲我是「十六」，其實不然。

我已經認定這句話爲眞。也許（我隨便假設）先知認爲在我廳堂寓居過的那十五個人算作一個族群，住在偏遠堂的人算作另一個族群，而他是屬於那個族群的。也許在他的族群裡，他是第三或第十人，甚至號碼高得令人眼花，是第七十五人！

接下來的分析就純屬猜想了。

我到這裡來，也派其他人過來。

這裡的亡者有些是先知派來的嗎？例如魚皮人或抱膝童？這純屬臆測。這句話和先知其他許多發言一樣，目前仍然讓人捉摸不透。

我們到最後都付出了慘重的代價。我的代價是坐牢。

這句話我不知從何理解起。

史丹．歐文登……義大利小帥哥……席維雅．達戈斯提諾……可憐的詹姆士．瑞特……

先知提到四個人名，嚴格來說是三個人名和一個稱謂，也就是義大利小帥哥。這大大增加了我對世界的認識。就算先知只說了這件事，對我也是無比珍貴。先知還說其中三人是亡者，包括史丹．歐文登、席維雅．達戈斯提諾和義大利小帥哥。但「可憐的詹姆士．瑞特」狀況如何，我就不得而知了。從先知的話來看，他也是亡者之一嗎？又或者他和先知一樣，是偏遠堂的人？我無從判斷。

疑問實在太多了！我有好多事該問他的，可是我不怪自己。他出現得太突然，我完全措手不及。直到我現在安靜獨處了，才有辦法消化他給我的訊息。

凱特利仍然認為古人的智慧還在這裡嗎？……他找不到的。那個知識不在這裡，它不存在。

我很高興，這代表我看法沒錯。雖然不應該，但我就是忍不住有點自豪。不過，未來我和另一人要如何共事與合作，我還得再想想。

從先知話裡許多地方都看得出他和另一人曾經認識。先知用「凱特利」這個名字稱呼另一人，還說另一人是他學生，但另一人卻從來不曾提到先知。我不止一次跟另一人提到世界有十五個人，但他從來不曾告訴我「十五是錯的，我知道不只這個數字！」這點很怪，更何況他喜歡跟我唱反調，只要有機會都不會放過。不過，另一人對世界有多少人本來就不感興趣，也是我和他研究興趣的不同點之一。

十六愈接近，凱特利就會變得愈危險。

我從來不曾察覺另一人有絲毫的暴力傾向。

你可能得殺了他之類的，才能阻止危險。

但先知顯然很暴戾。

你知道嗎，你之前想見我，可是我拒絕了。但我不後悔。你寫給我的那封信，讓我覺得你是個傲慢自大的小鬼。當時或許是吧……

這是先知所有發言裡最讓我困惑的一句話。我從來沒有寫信給他。我昨天才得知他的存在，怎麼可能寫信？可能是其中一位亡者寫的，例如史丹・歐文登或可憐的瑞特，而先知把那個人和我搞混了。又或者先知的時間感和眾人不同，我確實有寫信給他，只不過是在未來。

另一人描述什麼情況殺了我是正確的做法

信天翁來到西南堂那年第七月第廿四天

不用說，我急著想告訴另一人自己遇見先知的事。他得及早知道先知打算向十六透露怎麼過來我們這裡。但從週五我遇見先知到昨天，我四處找就是不見另一人的蹤影，直到今天才總算見到他。

今天早上我走進西南二堂，發現另一人已經來了。我立刻察覺他很不安。他手插口袋不停在堂裡兜圈子，而且強忍著憤怒，臉色陰沉。

「我有件重要的事要告訴你，」我說。

他揚手打斷我往下說。「慢點，」他說：「有件事我得先跟你說。關於廿二，我有話沒告訴你。」

「誰？」我問。

「我的敵人，」另一人說：「那個就快來這裡的傢伙。」

「你是說十六？」

另一人愣了愣。

「喔，對，是十六沒錯。你老是給東西取怪名字，我一直記不住。那個，關於十六，我有件事一直沒跟你說，那就是十六感興趣的人其實是你。」

「嗯，我知道，可是……」

另一人搖頭說：「皮拉奈奇！你聽我說！十六來了會跟你說一些事，一些你無法理解的事，但你要是聽進去，要是讓他跟你說話，那些話就會帶來嚴重的影響。你要是聽十六說，後果就會很可怕。除了瘋狂，還有恐怖，因爲我見識過。十六只要跟你說話就能動搖你的想法，讓你懷疑自己眼見的一切，甚至懷疑**我**。」

我嚇到了。我從來沒有想過一個人可以那麼邪惡，眞恐怖。「那我怎麼保護自己？」我問他。

「你只要照我之前跟你說的做就好。躲起來，不要讓十六看見你，尤其不要聽十六說的話。這件事我就算再三強調也不為過。你要知道，你對十六的這項本……本事特別沒有抵抗力，因為你心理本來就不穩定。」

「心理不穩定？」我說：「你這話是什麼意思？」

另一人臉上閃過一絲惱怒。「我不是跟你說過了嗎，」他說：「你會忘記事情，講話經常重複。我們一週前不是才說過？別跟我說你已經忘了。」

「沒有沒有，」我說：「我沒忘。」我心想該不該讓他知道我的推論，記憶有問題的是他不是我，但我怎麼看都不覺得這是好時機。

「很好，那麼，」另一人嘆了口氣說：「我還沒說完。我還有一件事得跟你說，只是你必須明白這件事不只對你，對我也很不好受。要是我發現你聽了十六說話，並因此染上那股瘋狂，我就危險了。這你應該知道，對吧？你可能會攻擊我，到時眞的很有可能。十六絕對會想辦法操弄你，讓你傷害我。」

「傷害你？」

「對。」

「眞可怕。」

「是啊。到時你的品性人格會大打折扣。你會退化，陷入瘋狂。對你來說，那會非常丟臉。我無法想像你能接受自己變成那樣，你說是嗎？」

「是啊，」我說：「沒錯，我覺得我無法接受。」

「因此，」他深呼吸一口氣接著說：「萬一走到那一步，我發現你瘋了，我想我最好殺了你，那樣做對你我都好。」

「啊？」我說。他這話讓我有些意外。

沉默片刻。

「但說不定只要給我一點時間與協助，我就會復原了？」我問。

「不可能，」另一人說：「而且無論如何我其實都不能冒險。」

「喔，」我說。

這回比剛才沉默了久一點。

「你會怎麼殺死我？」我問。

「你不會想知道的，」他說。

「是啊，說得也是。」

「別往那個方向想，皮拉奈奇。照我吩咐的去做就對了。只要想辦法避開十六，我們就不會有事了。」

「你為什麼沒有發瘋？」我問。

「什麼？」

「你跟十六講過話，為什麼就沒發瘋？」

「我跟你說過了，我有一些方法保護自己。而且，」他懊悔地抿著嘴說：「我也不是完全免疫。我現在就覺得自己四五成瘋了。」

我們倆又陷入沉默。我想我和他都有些驚嚇。接著另一人似乎想到了什麼，勉強擠出微笑，故作沒事地問道：「你怎麼會知道？」

「知道什麼？」我說。

「我記得你說……你好像說你知道十六在找你，而且只鎖定你。但怎麼會？你怎麼會知道這件事？」從他的表情，我看得出他很努力在想。

看來我得告訴他先知的事了。但我話到嘴邊卻猶豫了。於是我說：「是靈感，從屋子來的，你也曉得我不時會有這種靈感。」

「喔，也對，你是說過。那你想說什麼？你不是說你有件重要的事想告訴我？」

又是短暫的沉默。

「我在十八廳的下堂看見一隻章魚游過去，」我說。

「哦，」另一人說：「是嗎？那不錯。」
「是不錯，」我附和道。
另一人深深吸了口氣說：「很好！避開十六！還有別發瘋！」他朝我露出微笑。
「你可以放心，我會避開十六，」我說：「而且不會發瘋。」
另一人拍拍我的肩膀。「太好了，」他說。

我對另一人說他到時可能會殺了我有什麼看法

信天翁來到西南堂那年第七月第廿五天

好險我忍住了！我差點就將先知的事跟另一人交代了！他（另一人）聽完一定會說：「你不是答應過我，怎麼還會跟陌生人說話？你難道沒想到他可能會是十六？」到時我該怎麼回答？因爲我跟老人交談的當下確實認爲他是十六，我確實打破了對另一人的承諾。我無話可說。感謝屋子，我沒告訴他！運氣好的話，他頂多覺得我不可信任，壞的話就是更加鐵了心要殺了我。

然而，我還是忍不住好奇，萬一情況反過來，十六威脅的是讓另一人發瘋，我會不會那麼快就做出決定，只能殺了另一人。老實說，我覺得自己再怎樣都不會想殺死他，光想到就讓我作嘔。我肯定會先嘗試其他方法，例如找藥方治療他的瘋狂，但另一人個性很不知變通。我不會說那是他的缺點，但肯定是個習慣。

我改變樣貌以防十六出現

信天翁來到西南堂那年第八月第一天

我正在練習躲避十六。

假設（我告訴自己）你發現有人（是十六！）在東南廿三堂。趕快躲起來！

我立刻悄悄溜到牆邊，鑽進兩個雕像間的縫隙，盡量往裡鑽，然後保持不動，不發出任何聲音。昨天有一隻禿鷹飛進我躲藏的堂裡找小鳥吃。牠在堂裡盤旋了幾圈，最後停在看星圖的父子雕像上。牠在那裡待了半個小時，完全沒發覺我的存在。

我的穿著很適合偽裝。年輕時我上衣和褲子的顏色跟現在不一樣，除了藍與黑，還有白、灰和橄欖棕，甚至有件襯衫是漂亮的櫻桃色。不過，現在這些衣服的顏色都褪得差不多了，全成了不顯眼的灰色，難以區辨，跟大理石雕像的灰與白混在了一起。

但我頭髮就是另一回事了。這些年下來，我頭髮長了，我常用自己做的或撿來的東西別在上頭當裝飾，像是貝殼、珊瑚珠、珍珠、小鵝卵石和別緻的魚骨等等。許多這些小飾品顏色都很吸睛亮眼。因此，我上週花了一下午將它們全拔下來。這件事做起來很費工夫，有時還很疼。我將所有飾品收在原本裝鞋的紙盒裡，就是那個繪有章魚的漂亮盒子。等十六回他的廳堂，我就會把飾品別回頭髮上，因為少了它們我感覺很不自在，像是沒穿衣服一樣。

索引

信天翁來到西南堂那年第八月第八天

我通常每兩週會替日記做索引。我發現這比寫完馬上做索引還有效率，因為間隔一段時間更容易分出哪裡重要、哪裡不重要。

今天早上，我拿著日記和索引交叉雙腿坐在北二堂的鋪石地板上。從我上回製作索引到現在發生了好多事。

我在索引裡加了一個條目：

先知，出現：日記十，頁一四八至一五二

接著加上另一個條目：

先知，十六到來：日記十，頁一五一至一五二

我重讀先知對亡者身分的發言，然後加上一個條目：

亡者，可能姓名：日記十，頁一四九、一五二

我開始替每個姓名編條目。在字母「I」那一欄，我寫下：

義大利人（Italian），年輕、俊俏：日記十，頁一四九

我跳到字母「O」那一欄，開始寫史丹．歐文登的名字，寫到一半忽然瞥見上面一則條目。

歐文登，史丹利，勞倫斯．艾恩—塞爾斯的學生：日記廿一，頁一五四。另見「毛利奇歐．裘薩尼失蹤」，日記廿一，頁一八六至一八七

我愣住了。竟然有他，史丹利．歐文登。他已經在索引裡了。但我聽先知提到他名字的時候，卻壓根沒有熟悉的感覺。

我重讀了那則條目。

我停下動作。看到那則條目，我就知道有地方很奇怪。但那地方實在太奇怪、太無法理解了，以致我完全理不出頭緒來。我看得出有地方很怪，卻無法在腦中思考它。

日記廿一

我寫了日記廿一。我怎麼會幹出那種事？根本沒道理。我之前也提過，我現在才寫到日記十，還沒有日記廿一，也不可能有。這到底是怎麼回事？

我目光掃過那一頁的其他條目。字母「O」這欄的條目大多數都和**另一人**（the Other）有關，而且數量驚人。不過，這不難想見，畢竟他是除了我以外唯一的活人。當然，還有先知和十六，但我對他們所知很少。我看見另一人的條目上方還有關於其他主題的條目。那些條目都和史丹利．歐文登那則一樣怪。我仔細一讀，發現自己同樣很難接受眼睛所見的事實，但我還是逼自己往下看，逼腦袋思考它們。

奧克尼，二〇〇二年暑假計畫：日記三，頁十一至十五、二十至二八

奧克尼，考古發掘場：日記三，頁三〇至三九、四七至五一

奧克尼，布羅德蓋岬：日記三，頁四〇至四七

觀察不確定：日記五，頁一三四至一三五

歐姬芙，喬治亞，展覽：日記十一，頁九一至九五

局外人精神醫學，見「隆納・大衛・連恩」

局外人精神醫學，日記十七，頁一九至三二；亦見「約翰・威廉・鄧恩（序列論）」、「歐文・巴菲德」和「魯道夫・施泰納」

局外人思想，不同知識信念系統的看法：日記十八，頁四二至五七

局外人文學，見「同人小說」

《局外人》，柯林・威爾遜，日記二十，頁四六至五一

局外人數學：日記廿一，頁四〇至四四；亦見「斯里尼瓦瑟・拉馬努金」

局外人藝術：日記廿一，頁七九至八六

這裡又提到更多不存在的日記！日記十一、十七、十八和二十。日記三和日記五當然存在，因此那些條目沒什麼問題，只是……只是……我愈看愈覺得這些條目指著不是我的

日記三和日記五，而是別人的。這些條目不是用我認得的筆寫的，墨水比較淡，也比較滑順，但筆頭比我用的筆粗。還有字跡也是。那些字是我寫的沒錯，這點無庸置疑，卻和我目前的字跡略微不同，字體更圓潤，換句話說就是更年輕。

我走到東北角落，爬到玫瑰叢裡的天使雕像上，取出我的棕色皮革郵差包，將日記簿統統拿出來。一共九本，就九本，沒有我之前不曉得為什麼沒看到的那另外二十本。

我仔細檢查那九本日記，尤其留意封面和編號。日記的封面是黑色，編號則是用白色中性筆寫在書脊下端。沒想到我發現頭三本日記原本的編號不是一二三，而是廿一、廿二和廿三，只是「廿」全被人刮掉了，所以變成了一二三。但那人刮得不夠乾淨，而且中性墨水很難去掉，所以還依稀看得出「廿」的痕跡。

我呆坐原地，試著理解這一切，卻怎麼也想不透。

如果日記一（我的日記一）其實是日記廿一，那裡頭應該有兩則關於史丹利．歐文登的日記。於是我拿起日記一，翻到第一百五十四頁。果然有，日期是二〇一二年元月廿二日，標題為：史丹利．歐文登小傳。

史丹利．歐文登，一九五八年出生，英格蘭諾丁罕人。父親愛德華．歐文登為糖果店老闆，母親姓名及職業不詳。伯明罕大學數學系畢業，一九八一年進入研究所，同年選修勞倫斯・艾恩－塞爾斯的熱門課程，**被遺忘者、閾限、逾越者與神聖者**。不久後歐文登便放棄數學，改投艾恩－塞爾斯門下，在曼徹斯特大學攻讀人類學博士。

第一則日記只寫到這裡，於是我立刻翻到第一百八十六頁，找到標題為「毛利奇歐・裘薩尼失蹤」的另一則日記。

一九八七年夏天，艾恩－塞爾斯在距離佩魯賈二十公里左右的郊外租下了名為「皮諾農莊」的農舍，同行者包括他最中意的一小圈門生：歐文登、班納曼、休斯、凱特利和達戈斯提諾。

這班師生的相處很快就緊張了起來。艾恩－塞爾斯變得極度敏感，任何人發言或提問只要顯露出對他的「偉大實驗」不夠投入，抑或膽敢質疑他，就會遭到他蠻橫數落，從個人到課業都不放過。因此，大多數門生都選擇識相閉嘴，只有不擅長看人臉色的史丹利・歐文登繼續表示懷疑，而塔莉・休斯只是替歐文登辯護幾句，也慘遭艾恩—塞爾斯的怒火波及。皮諾農莊的氣氛愈來愈緊繃，歐文登和休斯也愈來愈少跟其他人互動，轉而跟佩魯賈大學的一名哲學系學生毛利奇歐・裘薩尼要好了起來。這份友誼似乎讓艾恩—塞爾斯相當不安。

七月廿六日傍晚，艾恩—塞爾斯邀裘薩尼和他的未婚妻艾蓮娜・馬里耶提來皮諾農莊共進晚餐。席間艾恩—塞爾斯談到另一個世界（那裡的建築與海洋是混在一起的），以及人類有辦法去到那裡。艾蓮娜・馬里耶提覺得艾恩—塞爾斯只是在做隱喻，不然就是在描述某種赫胥黎式的幻覺經驗。

馬里耶提隔天要工作（她和裘薩尼一樣是研究生，但暑假期間在父親於佩魯賈開設的律師事務所擔任助理），因此晚上十一點便告別眾人，開車回家休息了。其他人繼續談天，那群英國學生答應裘薩尼之後會送他回家。

然而，毛利奇歐・裘薩尼就這樣消失了。艾恩—塞爾斯宣稱馬里耶提走後不久，他就回房休息了，因此對之後的事一無所知。其他人（歐文登、班納曼、休斯、凱特利和達戈斯提諾）表示裘薩尼拒絕他們開車送他，剛過午夜不久就走路回家了。那天晚上月色皎潔，天氣暖和，而且裘薩尼的住處離農莊只有三公里左右。

十年後，艾恩—塞爾斯因為綁架一名年輕男性而遭到定罪，義大利警方決定對裘薩尼失蹤案重啟調查，只是……

我放下日記喘著大氣站了起來，心裡有股強烈的衝動只想將日記一把扔開。日記裡的那些字（我自己寫的！）看上去是字，但我同時曉得它們毫無意義，全是胡言亂語，胡說八道！「伯明罕」和「佩魯賈」這些字有什麼意義可言？沒有。世界根本不存在那幾個字所指的東西。

事實證明另一人是對的。我真的忘了很多事！更糟的是，另一人說要是我瘋了，他會殺了我，而我發現自己其實已經瘋了！就算現在不瘋，之前也是瘋的，才會寫出這些內容！

我沒有將日記一把扔了，而是任其落在鋪石地板上，然後走開。我只想跟證明我瘋了的證據離遠一點。佩魯賈、諾丁罕、大學……那些無意義的詞彙在我心裡迴盪，讓我感到一股巨大的壓力，彷彿有無數半成形的概念想要闖入我的意識，帶來更多瘋狂或理解。

我快步亂走，不曉得也不在乎自己經過了哪些廳堂。忽然間，我發現自己竟然來到了最心愛的羊頭人雕像前。他手指輕輕摁著嘴唇，微微帶笑的臉上寫滿了平靜。我之前一直認為他這個姿勢是在警告我「小心！」但今天感覺卻大不相同，彷彿在說：噓！放心吧！我爬上基座，跳進他的臂彎，兩手環住他的脖子，和他五指交纏，安安穩穩窩在他的懷裡爲自己失去的理智哭泣。我胸口劇烈起伏，哽咽到幾乎抽痛。

噓，他對我說，放心吧！

我決定好好照顧自己

信天翁來到西南堂那年第八月第九天

我離開羊頭人的懷抱，在屋子可憐兮兮地四處走。我覺得自己瘋了，抑或曾經發瘋，不然就是快瘋了。不論如何，前路都一片黯淡。

過了一會兒，我覺得這樣下去一點幫助也沒有。

於是我強迫自己回到北三堂，在那裡吃了點魚、喝了些水，然後逐一造訪我最心愛的雕像，包括大猩猩、擊鈸少年、扛蜂窩的女人、背城堡的大象、羊頭人和下棋的兩個國王。他們的美安慰了我，讓我跳脫自己，而他們臉上的尊貴神情讓我記起了世界的良善。

今天早上，我比較能冷靜思考最近發生的一切了。

我得承認自己曾經病得很重。我在寫那兩則日記時肯定有問題，否則不可能寫下那些莫名其妙的語詞，例如「伯明罕」和「佩魯賈」。就連我現在寫下這幾個字，心情也立刻焦慮起來。好多畫面在我腦海中翻騰，詭異如夢魘，卻又莫名熟悉。例如伯明罕三個字就讓我心裡倏忽閃過一些聲響、動作與顏色，還有陰霾天空下的高樓及尖塔。我試著抓住那些影像細細檢視，但它們一下就消失了。

儘管如此，我還是覺得將那兩則日記當成胡言亂語太過草率，因爲裡面有些語詞感覺確實有意義，例如「大學」這個詞。而且我感覺自己只要肯試，就能替「大學」寫出明確的定義。我想過自己爲何有這種感覺。我知道「學者」的意思，因爲屋子有許多手裡拿書或論文的學者雕像。也許我是依此類推出「大學」（就是學者聚集的地方）的概念？這個假設感覺不怎麼穩當，但我目前只想得到這樣。

那兩則日記還提到了一些人名，並且有其他證據顯示他們是眞有其人。先知曾經提到史丹利・歐文登，因此這個人顯然存在。先知還提到那位義大利小帥哥，只是想不起名字。也許他就是毛利奇歐・裘薩尼。最後，那兩則日記都提到一個名叫「勞倫斯・艾恩—塞爾斯」的人，而我之前才在一廳撿到「勞倫斯」寫的信。

換句話說，那兩則日記除了胡言亂語外，似乎確實含有幾分眞實。而我如果想多了解曾經活過的人，盡量發掘他們的事，就不能放過這個重要的資訊來源。

現在看來，我顯然忘了許多事，而且（我最好坦誠面對）有證據顯示我曾經數度精神錯亂。既然如此，當務之急就是別讓另一人發現我這些毛病。儘管我不認爲他會因此殺了我，但肯定會比現在對我更有疑心。還有一點也差不多要緊，就是我得防止自己再度生病。因此，我決定好好照顧自己。我不能太沉迷於科學探究，以致忘了釣魚而餓肚子。我還必須多花心力修補衣服，保護好經常發冷的雙腳（問題：海草可以拿來織襪子嗎？好像有點難）。

至於日記被人重新編號的事，我想了想覺得應該是自己做的。換句話說，少了二十本日記，二十本！想到就令人憂心！不過，日記少了也很合理，畢竟我之前說過我大約卅五歲，手上的十本日記卻只涵蓋了五年。記錄我早年歲月的日記到哪裡去了？而我那些年又做了些什麼？

昨天我覺得自己再也不要重讀日記或翻找裡頭的記述了。我想像自己將十本日記連同索引統統扔進大浪裡，心想自己一定會覺得如釋重負。但現在我心情平靜了，不再被恐懼和驚慌把持，我開始明白自己很有理由好好研究日記，包括那些胡言亂語，甚至最該研究那部分。首先，我一直想多認識那些曾經在世的人。儘管難以理解，但日記似乎記載了關於他們的確實資訊，即使讀起來很詭異。其次，我需要盡量了解自己的瘋狂，尤其瘋狂如何被誘發，以及未來該如何避免。

從日記裡研究過去，或許能解答這些問題。但我也必須明白，重讀日記本身就是一種誘發行為，會勾起許多痛苦的情緒與夢魘般的想法，因此得小心進行，每次只讀一小部分。

另一人和先知都說屋子本身會引發瘋狂與遺忘。他們都是科學家，有智慧的人，無懈可擊的權威。既然他們都這樣說了，我想我必須接受他們的看法。屋子就是讓我遺忘的元凶。

你信任屋子嗎？我問自己。

對，我對自己說。

那麼屋子會讓你忘記事情，肯定有很好的理由。

但我不懂理由在哪裡。

你不懂理由沒關係，因為你是屋子的愛子，放心吧。

我放心了。

席維雅・達戈斯提諾

信天翁來到西南堂那年第八月第二十天

我對先知提到的那幾個人很好奇，於是決定從席維雅・達戈斯提諾和可憐的瑞特開始研究，但我沒有立即行動。爲了按照計畫好好照顧自己，我等了一週半才又重新拿起日記。這其間我照常做些安靜心情的活動，釣魚、作湯、洗衣服，還用天鵝骨頭做成的笛子寫歌。直到今天早上，我才將日記和索引拿到北五堂。大猩猩像就立在這裡，我覺得看見他能給我力量。

我在大猩猩對面坐了下來，交叉雙腿坐在鋪石地板上，打開索引翻到字母D的部分，果然找到了她。

達戈斯提諾（D'Agostino），席維雅，艾恩－塞爾斯的學生：日記廿二，頁六至九

我打開日記廿二（也就是我的日記二二）翻到第六頁。

席維雅・達戈斯提諾小傳

一九五八年出生，蘇格蘭利斯人，詩人愛德華多・達戈斯提諾的女兒。相片裡的她外表略顯中性，容貌迷人，甚至稱得上美麗。眉濃又黑，深色眼眸，鼻梁挺拔，下顎線條分明，黑髮濃密，經常綁個馬尾。據安荷拉・史考特的說法，席維雅對刻板的女性特質毫無興趣，對穿著也只是偶爾在意。

十幾歲時，席維雅跟朋友說她想進人學研究死亡、星星和數學。但曼徹斯特大學不知為何沒有提供這類課程，因此她最後選擇了數學。進大學後，她很快就認識了艾恩―塞爾斯和他開的課。那次相會改變了她的餘生。

艾恩―塞爾斯大談和古代心靈交通，還談到其他世界，滿足了席維雅對宇宙「死亡和星星」的渴慕，因此她一拿到數學學位就轉讀人類學，並選擇艾恩―塞爾斯為她的指導教授。

在艾恩―塞爾斯所有學生與門徒當中，席維雅最死心塌地。艾恩―塞爾斯將自己位於瓦里蘭治區的住所讓出一個房間給她，結果她就成了他免費的管家兼祕書。她有車，而艾恩―塞爾斯不會開車，因此擔任司機也是她的工作，包括週六晚上到運河街物色年輕小伙子也是由她接送。

席維雅一九八四年拿到博士學位，但她沒有從事學術研究或擔任教職，而是繼續待在艾恩—塞爾斯身旁，做一些僕人般的差事養活自己。

席維雅是家中的獨生女，和父母非常親近，尤其是父親。但在一九八五年前後，艾恩—塞爾斯卻慫恿她和父母爭執。據安荷拉・史考特的說法，那是艾恩—塞爾斯在考驗她的忠誠。最終席維雅和父母澈底斷絕往來，兩人再也沒見過自己的女兒。

安荷拉形容席維雅集詩人、藝術家和導演於一身，還列了刊登過她詩作的雜誌，例如《大角星》、《支離破碎》和《蚱蜢》等等，但我到目前還沒找到這些刊物，一份也沒有。在《蚱蜢》擔任編輯的湯姆・提區威爾是愛德華多的朋友。他不時會和席維雅聯繫，再將席維雅的近況轉告給她父母。

有兩部她拍的電影存留了下來，分別是《月／木》與《城堡》。其中《月／木》的拍攝手法非常獨特而有氛圍，因此除了艾恩—塞爾斯和他那群陰謀論同好，也獲得了影評和影迷的青睞。電影片長廿五分鐘，在曼徹斯特近郊的泥炭沼澤和森林裡拍攝。雖然使用超八攝影機和彩色底片，感覺卻像澈底的黑白片（黑森林、白雪及灰暗天空），只出現過幾幕血紅。片中一名祭司奴役了一小群人，男人受他虐待，女人受他凌辱；後來有一名女子反抗他，祭司為了展現權力並懲罰她，便降下了咒詛。那位女子穿越小溪時，腳才踏進水面反射的月光就被困在了溪裡，離不開月光。祭司出現之後開始毆打女子，但女子還是動不了，只能硬生生挨揍。孤立無援的她只好向樺樹林求救。樺樹林趁祭司經過時將他團團包圍，纏著他、刺他，讓他動彈不得，最後一命嗚呼，女子也順利從月光裡脫困。《月／木》幾乎沒有對白，僅有的也難以理解。片中女子和祭司都用迥異於我們的語言交談。電影採納的是簡單強烈的影像語言：月亮、黑暗、水和樹。

席維雅的另一部電影更怪，沒有片名，但一般都稱作《城堡》。這部片是用Betamax錄影帶拍的，品質很差。攝影機在多個巨大的房間裡遊走，應該是城堡或宮殿，不過始終見不到整棟建築，因為實在太大了。牆上全是雕像，地板上則是處處水窪。根據追隨者的說法，那個場景是艾恩—塞爾斯筆下的其中一個其他世界，可能是他在二〇〇〇年出版的《迷宮》書中描述的那個。有人嘗試找出拍攝地點，以便證明場景不是其他世界，但截至目前還沒有人確切找到答案。此外，雖然有人尋獲電影筆記，筆跡也是席維雅的，但和她最後一本日記一樣用密碼寫成，因此至今仍然沒人破解。

種種跡象顯示，席維雅大半成年歲月都有寫日記的習慣。早期幾本（一九七三至一九八〇年）放在父母家中，也就是利斯市，用普通英語寫成；最後一本一直寫到她失蹤之前，也就是到一九九〇年春，則是在她工作的外科診所裡找到。裡面除了象形文，還夾雜用英語寫的影像（或是夢境？）描述。安荷拉·史考特好幾次嘗試破解，卻都無功而返。

一九九〇年初，席維雅在瓦里蘭治一家外科診所擔任櫃檯時，和其中一位男醫師成了朋友。那人名叫羅伯特·歐斯戴德，和她年紀相仿。當時她對勞倫斯·艾恩—塞爾斯的迷戀似乎已經少了許多。她告訴歐斯戴德，雖然她的人生枯燥乏味，但會永遠感激艾恩—塞爾斯，因為他帶領她進入了一個更美麗的世界，在那裡她過得很幸福。歐斯戴德不知該如何解釋這句話。他後來對警方說，他很確定她沒有嗑藥，有的話他絕對不會允許她在診所工作。

艾恩—塞爾斯得知席維雅和歐斯戴德的友誼之後醋勁大發，命令她立刻離職，但這回席維雅拒絕了。

四月第一週，席維雅沒來上班。曠職兩天後，歐斯戴德醫師報了警。之後再也沒有人知道她的下落。

可憐的詹姆士・瑞特

信天翁來到西南堂第八月第二十天

日記廿一第四十六和第一百廿二頁各有一則關於詹姆士・瑞特的日記。第一則的標題是「勞倫斯・艾恩—塞爾斯的醜事」。

艾恩—塞爾斯的學術生涯從開始便充滿爭議，最後於一九九七年四月戛然而止。起因是一名受雇打掃他家的婦人清理其中一個房間時，發現似乎有棕色液體從牆下滲出。據艾恩—塞爾斯的說法，那個房間是臥室，並且沒人使用。但清潔婦看得出房間有人使用，所以才會打掃。她用海綿吸去液體，結果聞到了尿和糞便的味道，隨即又看見牆下再次滲出液體。她伸手推牆，發現牆微微後退，便附耳傾聽，然後打電話報警。警方檢查發現牆只是表面，牆後其實藏有房間，而一名年輕男子就在房裡，已經病到神志不清。

艾恩—塞爾斯的學術生涯就此終結。他的庭審受到媒體大幅報導。法官起初判他入獄三年，但是服刑期間他又教唆其他受刑人施暴與作亂，因此最終坐牢四年半，於二〇〇二年出獄。

艾恩—塞爾斯庭審時沒有作證，也從未解釋自己為何監禁詹姆士．瑞特。

讀完這則日記，我覺得很失望，裡頭對可憐的詹姆士．瑞特幾乎沒有多作著墨。於是我翻到下一則日記，這則看起來比較有機會。

詹姆士．瑞特小傳

一九六七年生，倫敦人，年輕時容貌俊俏，做過模特兒、侍者、酒保及演員，並偶爾從事性交易。成年後長期罹患精神疾病，一九八七至一九九四年間至少兩度強制入院治療，一次在倫敦，一次在威克菲德，並不時無家可歸。

警方發現他被關在艾恩—塞爾斯住所的密室後，立刻將他送醫接受肺炎、脫水、營養不良和躁鬱症治療。雖然警方努力想問出艾恩—塞爾斯關了他多久，但瑞特始終前言不對後語，於是警方只好訪查認識他的人，包括吸毒者、社工和專門收留遊民寄住的民宿老闆。但他們（警方）只問出一九九五年初還有人看到他在曼徹斯特一帶活動，因此儘管無法完全確定，但他最長可能被監禁了兩年之久。

後來瑞特漸漸恢復對話能力，但他的解釋只是讓案情更加撲朔迷離。他堅稱自己很少在瓦里蘭治的艾恩—塞爾斯寓所久留，而是幾乎都待在另一間屋子，裡頭擺滿雕像，還有許多房間被海水淹沒。瑞特多半時間似乎都以為自己還在屋子裡。住院期間他有幾次情緒激動，說他必須回去找牛頭人，否則晚餐會被他們吃掉。雖然醫院嘗試用藥控制他的妄想症，瑞特仍然堅持那間屋子存在，屋裡有雕像，地下室被水淹沒。

艾恩—塞爾斯囚禁瑞特的用意為何，至今未有定論，主要有兩派說法。

第一派說法認為艾恩—塞爾斯企圖洗腦瑞特，以便證明其他世界不僅存在，而且他和其他人都造訪過。的確，瑞特對屋子的描述和席維雅・達戈斯提諾在電影《城堡》裡描繪的巨大空房間類似，也和艾恩—塞爾斯在獄中完成的《迷宮》書裡對其他世界的闡述相去不遠。當然，艾恩—塞爾斯很有可能只是將瑞特的幻覺描繪得更詳細一點。但如果這確實是他的目的，捏造其他世界存在的事實，那他為何要選擇一個有妄想症病史的人當見證？

第二派說法是綁架和艾恩—塞爾斯的其他世界說無關，而是出於他的變態性癖。一九九七年十月那次庭審，檢察官便是採取這套見解。但如果真是那樣，瑞特為何會胡言亂語，堅稱有海水淹沒地下室的屋子存在？

安荷拉．史考特為了撰寫艾恩—塞爾斯的傳記，曾經約訪瑞特，但瑞特當時已經心生不滿，因為沒人相信他的說法，有一間圈住海水的屋子存在，因此他拒絕受訪。二〇一〇年，英國《衛報》記者李山德．威克斯為了撰寫艾恩—塞爾斯醜聞的回顧報導，設法查到了瑞特的下落。瑞特當時在曼徹斯特市政廳當工友，威克斯形容他變得鎮靜沉穩，猶如老僧入定一般。瑞特表示自己已經十年沒有用藥，但他告訴威克斯的說法還是和十年前對警方說的一樣：一九九五至一九九七年，他有十八個月左右住在一間大屋子裡，地下室被海水淹沒，有時還會漫到一樓地板。他說自己就睡在宏偉大理石臺階的轉角下方，那個宛如白色半透明洞穴的地方，還說在曼徹斯特市政廳工作拯救了他，因為市政廳也是大房子，有許多大房間、雕像與臺階。兩者（市政廳和艾恩—塞爾斯讓他住下的屋子）的相似讓他感到心安。

日記裡對席維雅・達戈斯提諾和可憐的詹姆士・瑞特的描述：初步想法

信天翁來到西南堂那年第八月第廿一天

對我來說，最費解的是上一則講到可憐的詹姆士・瑞特的日記。雖然它和其他則日記一樣有許多無意義的字眼，但牛頭人的部分顯然跟一廳有關。此外，瑞特對臺階下方白色半透明洞穴的描述也很耳熟，因爲一廳就有那樣的臺階和洞穴空間，而且我之前提到那些讓我不爽的垃圾，有許多就是在那地方發現的。在一廳吃洋芋片和炸魚條的顯然是詹姆士・瑞特。光是發現這點就足以證明我重讀日記是對的！

席維雅・達戈斯提諾那則日記比較少新資訊，但從文中對電影《城堡》的描述看來，她同樣造訪過我們這裡。

「大學」一詞在席維雅・達戈斯提諾那則日記裡出現過三次，在史丹利・歐文登那則日記裡也出現過三次。兩週前我曾推斷自己有辦法替這個乍看無意義的用語下定義，因爲我見過屋子裡的學者雕像。我當時覺得這個推斷很單薄，但現在感覺合理多了。我發覺還有其他許多概念我都很了解，即使世界沒有對應的事物。譬如我知道花園是看植物和樹振作精神的場所，但世界沒有花園這種地方，也沒有呈現花園這個概念的雕像，而我也確實無法想像那會是怎樣的一座雕像。屋子只有被玫瑰或長春藤包圍或站在林蔭下的人或神或動物雕像。九廳有園丁掘土的雕像，東南十九堂也有園丁修剪玫瑰的雕像，我是透過它們而得到花園的概念的。我不認爲這是巧合。屋子就是這樣將新的概念自然而然慢慢注入人的心靈，就是這樣提高我對事物的理解。

明白這點讓我大受鼓舞，不再因爲日記裡出現無意義的字，在我心底引發無法解釋的印象而憂心。別緊張，我對自己說，是屋子，是它增進了你的理解。

這幾則日記都有提到人名。我將目前讀到的人名列了單子，總共十五人。假設凱特利是另一人的名字，還有一個名字是先知的，那就還剩十三個人。住在我廳堂裡的亡者正好也是十三人。這是巧合嗎？仔細考慮後，我覺得應該是。雖然日記裡只提到十五個人的名字，但字裡行間似乎還牽涉到更多人，例如聽到席維雅說她想研究「死亡、星星和數學」的那位朋友、每則日記也都提到的「警方」、替勞倫斯・艾恩—塞爾斯打掃住處的婦人，以及勞倫斯・艾恩—塞爾斯每週六晚上勾搭的年輕男人。目前完全無法判斷到底有多少人。

卷四

CHAPTER 4

十六

我撿回散落在西八十八堂的紙片

信天翁來到西南堂那年第九月第一天

我沒有忘記自己在西八十八堂發現的碎紙片，也沒有忘記還有一些紙片嵌在黑脊鷗的鳥巢裡。

兩天前，我將路上需要的用品收拾妥當，包括食物、毯子、一把煮水用的小平底鍋和幾塊破布，隨即啓程出發，下午便到了西八十八堂。海鷗肯定去找食物了，因爲堂裡空空蕩蕩。不過，雕像上的新鮮糞便顯示牠們仍然以這裡爲家。

我立刻開始搜刮鳥巢裡的紙片，發現挑揀起來有難有易。有些鳥巢的海草很乾，一扯就開了，有些鳥巢卻因爲鳥糞而讓紙片和海草緊緊黏在一起。我用廢棄鳥巢的乾海草生了火，倒了水在平底鍋裡加熱，接著拿破布沾水輕輕抹在紙片周圍。這件事做起來要很小心。熱水太少，鳥糞不會軟化；熱水太多，紙片就會糊掉。我不曉得自己花了多少小時，但到第二天傍晚，我總共從卅五個鳥巢裡撿回了七十九張碎紙片。我重新檢查每個鳥巢，確定紙片都取乾淨了，覺得心滿意足。

今天早上，我回到自己的廳堂。

我開始費力拼貼紙片，一小時後總算拼出了某一頁的大部分（將近半頁）和其他幾頁的小部分。

紙上的字很凌亂，劃掉許多地方。我拿起那半頁往下讀：

……他對我做的事。我怎麼會蠢成這樣。我會死在這裡，沒有人來救我。沉默（這裡少一張紙片）沒有聲音，只有海水拍打底下房間的聲響。這裡沒東西吃，我只能靠他拿水和食物來，結果只是更凸顯我是囚犯和奴隸。他總是將食物放在有牛頭人雕像的房裡。我放任自己不停幻想，想像親手殺了他。我在一個坍塌的房間裡發現一塊屋瓦大小的大理石片。我想過拿它敲碎他的腦袋，到時我肯定會直呼痛快……

寫這段話的人語氣不悅，非常生氣。我好奇這會是誰？我很想穿越文字安慰他，給他看這裡每個廳都有很多魚，有整片貝類等我們採集，只要稍有遠見就永遠不會挨餓，讓他看見屋子是如何供應與保護它的兒女。我很好奇是誰虐待他，將他變成了奴隸。我想到人與人之間竟然存著那麼大的敵意就覺得悲傷。說不定是我這裡的兩位亡者？難道是隱藏人虐待餅乾盒人？還是反過來？

我小心翼翼將紙片翻面，看背頁寫了什麼。上頭的字更亂了。

我記不住，我記不住。昨天我想不起路燈那個詞，今天早上我覺得其中一座雕像跟我說話。我和他交談了一段時間，我想大約半小時吧。**我就快發瘋了**。待在這個可怕的地方**瘋掉**真是太糟、太恐怖了。我**決定**要在自己瘋掉之前，在我**忘記自己為何痛恨他**之前殺了他。

我讀完嘆了口氣。我拿出另一人某次給我的三個信封，將我拼湊好的紙片放進第一個信封，並在信封外仔細寫下我剛才解讀出的那兩段話。接著我將拼好但不成句的紙片放進第二個信封，將其餘拼不起來的紙片收進第三個信封。

一個問題

信天翁來到西南堂那年第九月第二天

眼下有個最緊要的問題：我該不該請教另一人關於史丹利．歐文登、席維雅．達戈斯提諾、可憐的詹姆士．瑞特和毛利奇歐．裘薩尼的事？先知說另一人是「凱特利」，而在「毛利奇歐．裘薩尼失蹤」那則日記裡，「凱特利」這個名字不僅和達戈斯提諾與歐文登關係密切，也和裘薩尼連在一起。因此，我推斷另一人認識那些人。我很想多知道一點他們的事，有好幾次差點就脫口而出，卻總是在最後一刻猶豫了。萬一他問我，你從哪裡知道這些人的？是誰跟你說的？我不曉得該如何回答。他絕不能知道我和先知說過話，絕不能曉得我日記裡的那些記述。

另一人疑心重重，心裡只想著十六要來了。兩個月前，另一人曾說他想去西一百九十二堂進行儀式。他認為那樣做能召來偉大神祕的知識，但現在他全忘了。

檸檬

信天翁來到西南堂那年第九月第五天

今天早上，我從北三堂要去十六廳。我從北一堂彎進一廳，才走了一兩步就停下來。有地方不對。哪裡不對？剛才發生了什麼？

我往後兩步退到門口，接著吸了口氣。又來了，是味道。混合檸檬、天竺葵、風信子和水仙的香水味。

門口味道很濃。有人（噴了好聞香水的某個人）曾經在這裡站了一會兒，或許是欣賞從後退堂看出去的遠景。我回到北一堂，可是那裡就沒有那個味道了。於是我又走進一廳，沿著有雄偉牛頭人雕像的牆壁往南走。果然，這裡也有那股香氣。我循著味道一直走到西一堂門口和通往西南一堂的走廊之間，香氣就消失了。

是誰經過這裡？不是另一人。我知道他用什麼香水，芫荽、玫瑰加檀香，氣味很重。先知嗎？我還清楚記得他用的香水，主要是紫羅蘭，外加一絲丁香、黑醋栗及玫瑰，同樣和這個味道相去甚遠。

不對，這是不一樣的人。

十六來了。十六到這裡了。

我心跳開始加速。我轉頭環顧一廳，偌大的空間因爲牛頭人的魁梧身影而黯淡，只有幾道金光點綴其間。十六沒有從暗處出來開始把我弄瘋，但是他來過這裡，而且可能不到一小時前。

我沒想到十六這樣一個鍾情於毀滅與瘋狂的人，竟然會噴那麼好聞、讓人忍不住想起陽光與幸福的香水。但我立刻告訴自己這樣想很蠢。這是警訊，我提醒自己，你最好小心一點。十六不會將惡意掛在臉上，反而可能很順眼，態度親切逢迎。他就是憑著這套方法毀滅你。

更多人要殺

信天翁來到西南堂那年第九月第七天

今天早上，我跟另一人提到在一廳聞到香水的事，沒想到他反應挺鎮定的。

「嗯，那個，我開始覺得還是別管他了，」他說：「不要一顆心懸在那裡，想著事情何時會發生，而且說不定那不是壞事。」

「但我以爲你覺得十六對我們是大威脅，」我說：「我以爲你覺得他會危害你的安全和我的理智？」

「那是沒錯。」

「那他來這裡怎麼可能是好事？」

「因爲十六對我們實在太危險，我們別無選擇，只能完全剷除他。」

「我們要怎麼做才能剷除他？」

另一人舉起兩根手指抵著腦袋，嘴裡「砰」了一聲做出開槍的動作，算是回答。

我呆住了。「就算一個人再壞，我恐怕也下不了手，」我說：「惡人也值得活；就算不值得，也應該由屋子取走他的性命，不是我。」

「你說得也許沒錯，」另一人說：「我也不確定自己能親手殺人。」他張開五指若有所思地看了看手心，又看了看手背。「但值得一試。聽著，我會去弄一把槍來，這樣不論到時是你或我被迫動手，都會比較簡單。說到這個，來的也可能是其他人，雖然機率不高。你要是見到一個老人……」

「……老人？」我驚訝地說。

「……沒錯，老人。你如果見到他，就要立刻告訴我。他沒有我那麼高，很瘦，皮膚蒼白，眼皮很垂，嘴唇鮮紅濕潤。」另一人忍不住打了個寒噤，接著又說：「我何必跟你形容他的模樣，又不是馬上會有一大群老人出現。」

「所以呢？你也要殺了他嗎？」我焦急地問，心裡很確定另一人講的就是先知。

「呃，不會，」他頓了一下說：「但你既然提到了，我只能說也該是時候了。我一直覺得不可置信，他坐牢時竟然沒有人殺了他。總之，你如果見到他就告訴我。」

我不置可否地點了點頭。另一人說的是如果我之後見到先知，而不是之前，所以嚴格講來我不算說謊。好消息是先知已經回他的廳堂去了，而且他說得很白，自己不打算再回來。

我發現十六寫的東西

信天翁來到西南堂那年第九月第十三天

所有廳堂陰陰霾霾，下了五天的滂沱大雨。世界寒冷潮濕，從門口到廳堂的鋪石地板全是水窪。堂裡嘰嘰喳喳，全是躲雨的鳥。

我修補魚網、彈奏樂器，努力不讓自己閒著，但心底始終惦著十六來了，想著他打算讓我發瘋。我不曉得危機何時到來，那感覺並不舒服。

今天雨停了，世界再次明亮起來。

我去了西北六堂，那裡住了一群禿鼻鴉。牠們一見到我就飛離了高處的雕像，在空中振翅盤旋，呼喊對方。我分撒魚塊給牠們吃，兩隻禿鼻鴉飛過來停在我肩膀上，一隻忙著啄我耳朵，想知道我能不能吃，弄得我咯咯笑。太多黑色翅膀繞著我噗噗鼓動，讓我無暇顧及四周動靜，以至於一開始沒有發現我右邊門上有個記號，有人用鮮黃色粉筆畫了一條線。但我後來看見了，立刻抖抖肩將鳥趕開，上前去瞧個明白。

我以前也會用粉筆在門上或地上做記號，免得迷路。我已經許多年沒那樣做了，但我一見到那個黃色記號，就覺得肯定是我畫的，而且竟然捱過洪水、潮汐、風雨和霧氣留了下來。但我心底也很清楚自己從來沒有黃粉筆。我有白粉筆和藍粉筆，外加幾根粉紅粉筆，但黃粉筆呢？沒有，我從來不曾有過那樣東西。

接著我瞥見門邊的鋪石地板上還有粉筆圖案，這回是白色的。是字！但不是另一人寫的。他很少冒險走到離一廳這麼遠的地方來。不對，這是別人寫的。是十六！我愣在原地，腦袋隔了一會兒才轉過來。我完全沒想到這件事，十六可以用寫字讓人發瘋！這點我不得不稱讚他，實在很有創意。我就沒把握自己想得到這一招。

但這些字眞的會讓我發瘋嗎？另一人只警告我不能跟十六說話，也不能聽他講。或許危險來自十六的聲音？他寫的字就沒問題？我發現另一人沒有交代清楚，眞討厭。

我目光小心翼翼往下走，那些字是這樣寫的：

入口過來第十三個房間。回程如下：出這個門立刻左轉，穿過正前方的門然後右轉，貼著右邊的牆走，略過兩道門然後……

是路線，沒別的了。

這段話感覺不大危險。我暫停片刻，檢查自己有沒有發瘋或自殘的跡象，但沒有發現任何徵兆，於是繼續往下讀。

留言是從西北六堂到一廳的路線。雖然有點繞，但方向清楚、精準而有用，而且字跡工整方正，讀起來很順眼。

我照著留言，循著十六的路線走到了一廳。我經過的每道門上都有人用黃色粉筆仔細留下記號，高度比我視線略低，因此我推測十六可能比我矮上十二至十五公分。每道門框下方他都再次寫下路線，這樣萬一字被潮水沖掉或出了什麼狀況消失了，他還有其他留言可以倚靠。這人實在太有計畫了！

我到北二堂拿了幾根藍粉筆，然後走回我最先看到十六留言的西北六堂（感覺他最遠就走到這裡），在他留言底下寫道：

親愛的十六

另一人警告過我，說你打算讓我發瘋。但為了讓我發瘋，你得先找到我。而你要怎麼找到我？答案是不可能，因為我知道這裡的每座壁龕、每間半圓室和每處可以躲藏的地方。回你的廳堂去吧，十六，回去反省你的邪惡。

寫這封信稍稍緩解了我這陣子覺得自己好比獵物的感覺，讓我覺得更有掌控權，幾乎和十六不相上下。唯一的麻煩是我不曉得該如何署名。我不能像寫給另一人或（想看老狐狸教松鼠像的）勞倫斯那樣署名「你的朋友」，因爲我和十六不是朋友。我想過署名「你的敵人」，但好像沒必要那麼挑釁。我還考慮過「絕不會被你逼瘋的人」，但那樣署名長了點，也囂張了點。最後我只簡單寫下：

皮拉奈奇

另一人這樣喊我（但我認爲這不是我的名字）。

我問另一人關於十六留言的事

信天翁來到西南堂那年第九月第十四天

今天早上，我在西南二堂和另一人見面。他穿著中灰色羊毛西裝和完美無瑕的深灰色襯衫，神情平靜、嚴肅而專注。聽我說完我在西北六堂鋪石地板上看到的粉筆字後，他只是點了點頭。

「十六有沒有辦法靠手寫字讓人發瘋啊？」我問他：「我是不是不該讀那些話？」

「十六的話不管用什麼形式表達都很危險，」他說：「所以最好別讀。但我不怪你，因爲事發突然，你沒想到他會徒手寫，老實說我也沒想到。不過，現在是關鍵時刻，我們必須更謹慎才行。」

「我會的，我保證，」我說。

他拍了兩下我的肩膀以示鼓勵。「不過也有好消息，」他說：「嗯，算是吧。我弄到手槍了，完全沒有我想的那麼難。只是——我想這不是什麼好消息……」他臉上露出懊悔的神色。「我槍法很爛，感覺什麼東西都打不中。我想我得多練習。雖然能不能做到我不是很有把握，但總之……重點是，皮拉奈奇，你不要太擔心，不論如何夢魘很快就會結束了。」

「喔，求求你，」我求情道：「不要殺了十六！」

另一人笑了。「不然呢？讓我們被逼瘋嗎？我不贊同。」

我說：「只要十六發現自己的計畫不會成功，我們都有辦法躲著他，他就會回自己的廳堂去了。」

另一人搖頭說：「不可能的，皮拉奈奇，我很了解那個人。十六不會放棄，他會一直出現。」

黑暗裡的光

信天翁來到西南堂那年第九月第十七天

三天過去了。這其間我不停尋找十六來過我們廳堂的痕跡，可惜一無所獲。但第三天半夜我忽然醒來，有東西把我喚醒，但我不曉得是什麼。

我坐起身子四下張望。窗外星光熠熠生輝，北三堂的千座雕像被星光微微照亮。他們俯瞰廳堂，彷彿在替廳堂祝禱。一切都和往常沒有兩樣，但我心底卻有一種揮之不去的感覺，覺得有事情正在發生。

堂裡很冷。我穿上鞋子和羊毛衫走到西北二堂。堂裡空空如也，一切都寂靜安詳。我從右邊一扇門走進另一座堂，忽然聽見微弱的聲響。那聲音規律反覆，隨著我靠近愈來愈響，感覺像是遠方動物的咆哮。

堂對面的一扇門外出現一團微光。要不是光忽然變亮，我原本不會察覺到。只見那團微光收成一道光束掃過黑暗，照亮了對面牆上的雕像！但一轉眼又隨即變暗。

我走到那扇門前探頭張望。

有人在隔壁堂。他手裡拿著手電筒，光束迅速掃過四面牆和各個角落，在黑暗裡尋找某樣東西或某個人（難怪剛才光突然變亮又變暗），同時人喊：「拉斐爾！拉斐爾！我知道你在這裡！」

是另一人。

「拉斐爾！」他又大喊一聲。

沒有回應。

「你不應該來這裡的！」另一人吼道。

沒有回應。

「這裡每一吋我都認得！你躲不了的！我一定會找到你！」

沒有回應。

我溜進堂裡，動作俐落得沒有一絲多餘。不過，另一人肯定還是瞥見了，因爲他立即轉身將手電筒照向我剛才站著的門邊。只可惜他用力過猛，手電筒脫手而出，滾落在鋪石地板上，光瞬間熄滅。

「可惡！」另一人罵道。

堂裡再度變暗。潮水在下堂裡流動。另一人嘴裡念念有詞，在地板上東摸西找想拿回手電筒。

我的眼睛剛才被手電筒的強光照得近乎失明，這會兒重新適應了星光。我起先只看見死寂的廳堂，但隨即察覺南牆有東西自東向西一閃而過。對照牆上微微發亮的雕像，那東西只是一道極淺的灰影，我差點以爲是幻覺。結果不然。那東西穿過了通往西北五堂的大門。

是十六！

另一人找到了手電筒，光束再度亮起。接著他從北方其中一扇門出了廳堂。我等他走遠了才朝十六離開的方向匆匆跟了過去，悄悄躲在通往西北五堂的門口。

十六站在堂裡，手上和另一人一樣拿著手電筒。但他不是漫無目的地亂照，而是直直照在牆上。明亮的銀白光束照亮了美麗的雕像，替每座雕像換上詭異的新影子，感覺牆壁彷彿爬滿巨大的黑翅膀。十六緩緩移動手電筒，翅膀般的影子隨之拉長、縮小、俯衝和旋轉，但我就是看不見十六。他只是刺眼強光後方的一小點污垢。

十六凝視著雕像好幾分鐘，接著將光從牆上轉開，走向通往西北六堂的門口。他檢查門框確定自己用粉筆做的記號還在，接著便穿門而過。我跟著他，然後躲在了門口。

走進西北六堂後，十六將光照向我的留言。他動也不動站了很久。我要他反省自己的邪惡。他是不是正在反省？接著他忽然跪在地上，開始振筆疾書。

過去從來沒人留言給我。

十六寫了很久，讓我心底莫名有些欣喜。但我隨即又想，你在高興什麼？他留言長短有什麼差別？反正你可能又不會讀，讀了就會發瘋。一部分的我（很愚蠢的那部分）卻覺得讀完就算發瘋也值得。

這時，十六前方的黑暗忽然匯聚成兩個瘋狂揮打空氣的黑影，嚇得十六驚呼一聲跳了起來。

原來是兩隻禿鼻鴉被異常的動靜吵醒，過來看個究竟。

「走開！」十六喊道：「走開！我很忙！別過來！」

十六的聲音和我預期的完全不同。

我悄悄從門口退開，一路回到了北三堂。我躺在床上，但腦袋裡太多東西，完全無法入睡。

我擦掉十六的留言

信天翁來到西南堂那年第九月第十七天

天一破曉，我就拿出索引和日記簿，翻到字母 R 的部分，但索引裡沒有關於「拉斐爾（Raphael）」的條目。

我匆匆吃了點東西，並感謝屋子的賜予。我有問題需要問另一人，但今天不是我和他見面的日子，所以我知道只能耐心等。

於是我動身前往西北六堂。禿鼻鴉鬧哄哄地向我打招呼，但我今天沒時間跟牠們聊天說話。十六的留言佔據了一大片鋪石地板，面積將近六十公分乘八十公分。

我心臟在胸膛裡猛跳。我低頭瞄了一眼：

我看見：

我名叫……

我看見：

……勞倫斯．艾恩─塞爾斯……

我看見：

……有牛頭人雕像的房間……

我該怎麼做？我知道只要有留言，我心底就會有強烈的衝動想讀。我決定唯一的選擇就是毀了它。

我跑回北三堂拿了一件舊襯衫和幾根粉筆。雖然說是襯衫，但其實已經破得幾乎不成樣了。我將襯衫撕成兩半，然後跑回西北六堂，用半件襯衫紮在臉上遮住眼睛，半件拿在手上，跪下來開始在鋪石地板上亂抹，抹掉十六的字。

過了兩三分鐘，我摘下臉上的襯衫低頭一看，發現留言只剩零碎的片段。

能理解嗎？我的
名字
察局　閱檔案了解
你失　是瓦倫坦·
凱特　定
拐過其他可能的受害者，而我
神祕學者勞倫斯·艾恩—
塞　的門生
想他知道我已經闖入
裡快六年了，你是不
出去就
位
我，說你可能得了

這些片段前言不搭後語，至少乍看如此。我希望自己不會受影響（目前感覺沒事）。

我跪在地上開始回覆。

親愛的十六

只要你在我們堂裡一天，另一人就會想辦法殺了你。他有槍！我沒有讀你的留言就把它擦掉了。我沒有碰觸你的話語，也沒有被你逼瘋。你的計畫失敗了。

求求你！快回去，快回你來的偏遠堂！

皮拉奈奇

我詢問另一人

信天翁來到西南堂那年第九月第十八天

早上十點，我去西南二堂和另一人見面。

另一人站在空基座旁。他身上一襲深棕羊毛西裝和深橄欖色襯衫，擦得發亮的皮鞋是栗色的。

「我有件事想問你，」我說。

「好的。」

「你爲什麼沒對我說實話？」

另一人臉色一凜。「我對你一向誠實，」他說。

「才怪，」我說：「你沒有。你爲什麼沒跟我說十六是女的？」

另一人的表情從倨傲否認、惱怒到尷尬默認，前後不到半秒。「好吧，」他坦承道：「我是沒講實話，但我沒說她不是女的。」

他這番無力至極的反駁讓我直翻白眼。「我用『他』稱呼十六已經幾個月了，」我對另一人說：「你從來沒有糾正我，一次也沒有。爲什麼？」

另一人嘆口氣說：「好吧，我之所以沒跟你說是因爲我了解你，皮拉奈奇。你這個人很浪漫。沒錯，你說你想當科學家，是理性的門徒，多半時候也確實如此，但你同時還是一個浪漫派。我很清楚光是要說服你相信十六很危險就已經夠難了，我想你要是知道她是女人只會更麻煩。她是女的會讓你更感興趣，我想你甚至會愛上她。我敢說你無法克制自己不跟她說話。我知道你可能很難接受，但我這樣做其實是為你著想。你千萬不能相信十六，這很重要，因為十六基本上不可信賴，你懂嗎？」

我們兩個都沒再說話。

「那個，」我說：「謝謝你為我著想。我不認為自己會像你說的那麼容易偏袒女人，請你以後不要再有事情瞞著我。」

「了解，」另一人說完忽然皺起眉頭。「不過，你是怎麼知道的？」他聲音突然嚴厲起來，語氣警覺。「你該不會跟她說過話了吧？」

「沒有，我在西北六堂發現她，還聽見她的聲音。她沒有見到我。」

「你聽見她？」另一人更緊張了。「她在跟誰說話？」

「禿鼻鴉。」

「喔，」他頓了一下。「真詭異。」

我決定在索引裡搜尋勞倫斯・艾恩—塞爾斯

信天翁來到西南堂那天第九月第十九天

另一人說對了一件事，我不如自己以爲的那麼理性。我之前看他表現出自戀、傲慢或自大的模樣，總會（背地裡）笑他。我堅信自己的行爲完全以理性爲依歸。但這只是自欺欺人。理性的人絕不會在東北一堂跟先知說話，絕不會拚命擦拭西北六堂的鋪石地板，直到十六的留言一點痕跡也不剩。

讓我興奮著迷的不是十六是個女人，至少不全然如此，而是她是人類。我想知道她的一切，至少在不會被她弄瘋的前提下。但這就是棘手的地方。

我還沒向另一人透露十六留言的事，也沒跟他說就算擦過了，地板上還留著零零星星的字句，我沒再清理。

……是瓦倫坦・凱特（利）……這裡指的是另一人，因爲先知說過另一人名叫瓦倫・凱特利。十六會提到另一人並不意外，畢竟根據另一人的說法，十六對他緊追不放，一心想毀滅他。

……（肯）定拐過其他可能的受害者，而我……十六在吹噓自己的獵物嗎？還是吹噓自己曾經或打算施予的傷害？這點不清楚。

……神祕學者勞倫斯．瓦恩─塞……門生……所有事都牽扯到這個人，勞倫斯．艾恩─塞爾斯。我認爲他就是先知。

……（這）裡快六年了，你是不（是）……我不清楚這裡指什麼。出去就位（於）……這部分令人摸不著頭緒。十六顯然想告訴我怎麼離開某個地方，但我認得這裡所有廳堂和出入口，而她不曉得。

我用另一人稱呼她的名字在索引裡搜尋十六，結果找不到。所以我應該搜尋勞倫斯．艾恩─塞爾斯。

勞倫斯．艾恩─塞爾斯

信天翁來到西南堂第九月第十九天

我再次拿著索引和日記走到北五堂，在大猩猩雕像對面坐了下來。願大猩猩的力量與決心給我勇氣！我打開索引，翻到字母「A」的部分。

跟勞倫斯．艾恩—塞爾斯（Laurence Arne-Sayles）有關的日記共有廿九則，字數少的只有一兩行，多的長達好幾頁。我匆匆瀏覽了其中一半，可惜沒什麼收穫。日記裡的資訊太雜太亂，從著作列表、傳記、引述到勞倫斯．艾恩—塞爾斯獄中結識的囚友都有。我發現其中一則日記的標題是「勞倫斯．艾恩—塞爾斯：寫書的好處與壞處」。由於我對寫書很感興趣，因此便認眞往下讀。

候選主題：一本關於艾恩—塞爾斯的書，探討「踰越思想家」的概念，也就是其思想踰越某學科可接受（甚至可能）範圍的人。異端。

不確定這個主題值不值得花時間。有利與不利。

- 安荷拉．史考特的書《不離不棄：勞倫斯．艾恩—塞爾斯及其友伴》寫得還不壞（不利）
- 不過，安荷拉擅長作傳，而非分析。她本人也會大方承認（有利？不好不壞？）
- 安荷拉為人親切，很會鼓勵人，又不藏私，也樂於見到更多相關著作。她

給了我許多背景資料，並表示後續還有。參見和安荷拉・史考特的通話紀錄，頁一五三（有利）

- 艾恩－塞爾斯很有話題？駭人醜聞、庭審、判刑等等（有利）
- 艾恩－塞爾斯是典型的踰越思想家，其踰越是多方面的，從道德、智識、性癖到罪行都是
- 他對追隨者影響驚人，包括讓他們深信自己去過其他世界等等（有利）
- 艾恩－塞爾斯拒絕向學術界／作家／記者開口（不利）
- 在他自稱可以自由進出這個世界和其他世界的那段期間，和他關係密切者不多，而且其中有幾人失蹤，其餘多半不願接受記者訪問（不利）
- 在艾恩－塞爾斯的學生中，只有塔莉・休斯願意接受安荷拉・史考特訪問。但據安荷拉表示，塔莉情緒不穩，而且可能有妄想症。詹姆士・瑞特曾於二〇一〇年接受記者（李山德・威克斯）訪問，或許值得找他談談？根據威克斯，瑞特目前在曼徹斯特市政廳當工友。應該問威克斯是不是在寫書（不好不壞，持平）
- 艾恩－塞爾斯身邊人失蹤謎團：失蹤者包括毛利奇歐・裘薩尼、史丹利・

歐文登和席維雅・達戈斯提諾。這部分對讀者很有吸引力，因此絕對有利；除非我自己也失蹤了，那就會是不利

• 為了一個令人深感不悅的人長期寫書非常折磨情緒。所有人都同意艾恩—塞爾斯為人奸邪，性喜報復，擅長操弄，行事狠毒傲慢，是徹頭徹尾的混帳（不利）

• 不確定總結如何。也許偏「不利」多一點？

這些描述並沒有告訴我太多勞倫斯・艾恩—塞爾斯本人的事。不過，最後一則相關日記倒是特別有料。它是這樣寫的：

「撕裂與蒙蔽：另類思想的慶典」演講筆記，二〇一三年五月廿四至廿七日，格拉斯頓柏立

勞倫斯・艾恩—塞爾斯首先提到古代人和世界的連結方式和現在不同，他們感受到的世界是會和他們互動的。他們觀察世界，世界也觀察他們。譬如他們搭

船渡河，河就會察覺自己載著人，也同意人這樣做。當他們仰望星空，星座不只是一種協助他們組織眼見事物的方式，也是意義的載體，永不止息的資訊流。世界曾經不停地和古代人說話。

這些看法多少都還在一般哲學史的範圍內。然而，艾恩—塞爾斯異於同儕之處就在他堅決主張古代人和世界的對話不只發生在他們腦中，還發生在真實世界。古代人認知的世界就是世界真實的面目，這使得古代人具有非比尋常的威能與力量。真實世界不僅能參與對話，表達清晰明瞭，還可以被說服。大自然願意聽從人的慾望，分享其屬性。大海可以分離，人可以化成鳥兒飛翔，或變作狐狸躲進漆黑的森林，雲可以做成城堡。

後來，古代人不再跟世界交談，也不再聽它說話。但世界並未就此沉默，而是有了轉變。過去經常和人類交通的那些部分（不論你稱之為能量、力量、靈魂、天使或魔鬼）不再有一席之地，也沒有理由逗留，因此都離開了。在艾恩—塞爾斯眼中，這是真真正正、實實在在的除魅。

艾恩—塞爾斯針對這個主題所寫的第一本書是《麻鷸哀歌》(Allen & Unwin, 1969)。當時他認為古代人的那些能力已經消失，再也找不回來。但到了第二本書《隨風而逝》（Allen & Unwin, 1976），他就不那麼肯定了。他嘗試過儀式魔法之後，轉而認為部分能力或許找得回來，但必須和曾經擁有那些能力的人有實體連結才行。最好的連結就是真人的遺體，也就是骨骸或骨骸的一部分。

一九七六年，曼徹斯特博物館展出館內收藏的沼澤乾屍。這四具乾屍年代在西元前十年至西元兩百年之間，並以發現地柴郡的「馬爾普」泥炭沼澤分別命名為：

- 馬爾普一號（無頭屍）
- 馬爾普二號（全屍）
- 馬爾普三號（頭顱，但不屬於馬爾普一號）
- 馬爾普四號（另一具全屍）

艾恩—塞爾斯最感興趣的是馬爾普三號，僅剩頭顱的那個乾屍。艾恩—塞爾斯自稱占卜得知那個頭顱屬於某位國王或先知，而艾恩—塞爾斯的研究要有進展，就需要先知所擁有的知識。有了先知的知識，再加上他自己的理論，便能跨越人類理解的分水嶺。一九七六年五月，艾恩—塞爾斯致信館長，請求館方出借頭顱，讓他執行自己發明的魔法儀式，好將先知的知識轉給自己，迎接人類的新時代。沒想到館長拒絕了。同年六月，艾恩—塞爾斯說服了五十多位學生到博物館外抗議。學生高舉「讓頭腦自由」的標語，反對館方過時狹隘的思維。十天後，學生再次舉行示威，過程中打破了一扇窗戶，並與警方發生肢體衝突。事後艾恩—塞爾斯似乎就對乾屍失去了興趣。

十二月底，博物館休館慶祝聖誕假期。元旦重新開放時，館方發現有人擅闖。證據顯示有人在館內過夜，食物碎屑、餅乾包裝和其他垃圾散落一地，而且還有大麻的味道。牆上有「讓頭腦自由」的噴漆，地板上有燒剩的蠟燭，而且圍成一圈。雖然沒有物品失竊的跡象，但馬爾普三號的展示櫃被人打破，頭顱也被動過，上頭沾有燭蠟和槲寄生的碎屑。

警方和館方自然懷疑艾恩—塞爾斯，但艾恩—塞爾斯有不在場證明。他和幾名有錢的新異教徒在埃克思莫一處農莊共度仲冬節，而那些（名為「布魯克派」的）新異教徒也說確有此事。布魯克派將艾恩—塞爾斯奉為不出世的天才和異教聖徒，警方雖然不相信他們的說詞，卻也找不到反證。

最終，沒有人因為擅闖博物館而遭到起訴。但在下一本書《半掩之門》(AlLen & Unwin, 1979) 裡，艾恩—塞爾斯卻提到了一位據稱可以遊走於不同世界的羅馬不列顛先知，艾德多瑪勒斯。

二〇〇一年，勞倫斯・艾恩—塞爾斯服刑期間，一位名叫湯尼・邁爾斯的男子走進倫敦警局表示他想自首，並供稱自己曾經於一九七六年聖誕假期私闖博物館。當時還在曼徹斯特大學就讀的他砸破一扇窗爬進館內，然後開門讓其他人進去。這其間他曾看見艾恩—塞爾斯和兩名男子舉行儀式。邁爾斯認為那兩人是瓦倫坦・凱特利和羅賓・班納曼，但由於事隔多年，他無法確定。

邁爾斯說他有看見馬爾普三號的嘴唇在動，但沒聽見聲音。

他最終沒有被起訴。

艾恩—塞爾斯從未寫到他曾經拿馬爾普三號進行儀式，而且他在一九七〇年代晚期已經改變想法，不再那麼在意失去了哪些信仰與力量，而是更在意那些信仰與力量去了哪裡。根據他早期的想法，信仰與力量算是某種能量，那麼失去的信仰與力量就不可能完全消失，肯定去了其他地方。這便是他最有名的構想「其他世界論」的濫觴。簡單說來，這個理論認為知識或力量離開這個世界時會做兩件事，一是創造另一個地方，二是留下 個洞或一扇門，連結它們過去存在的這個世界和它們新造的地方。

艾恩—塞爾斯表示，這就好比雨落在田裡，隔天田乾了，雨水去了哪裡？有些雨水蒸發到空氣裡，有些被動植物吸收，但有些則是滲進了土裡。這個過程週而復始，經過數十、數百、數千年，滲進土裡的水一點一滴將岩石鑿出裂縫，裂縫鑿成孔，孔鑿成洞穴。而洞穴其實就是一扇門，門內的水持續流動，鑿出梁柱和更多洞穴。因此，艾恩—塞爾斯指出，這個世界必然存在一個通道或一扇門，連結我們和魔法的去處。那個通道或許非常小，或許不大穩定，就像通往地底洞穴的入口隨時可能崩塌，但肯定存在。既然存在，就有可能找到。

一九七九年，艾恩—塞爾斯出版了第三本書《半掩之門》。這本書是艾恩—塞爾斯最知名的著作。他在書裡探討了其他世界的概念，並描述自己經過一番努力之後，終於進入了其中一個其他世界。

勞倫斯．艾恩—塞爾斯《半掩之門》節錄

只要找到門，它就隨時與你同在，隨便找都會發現。難的是第一次找到它。我按著艾德多瑪勒斯給我的啟發，最終得出了結論：人必須滌淨目光才能見到門；而為了滌淨目光，人必須回到原點，回到他最後一次相信世界是流動的，並且會回應他的地理場域。簡言之，人必須回到心靈被現代理性箝制前的地點。

以我本人為例，那個地方便是我家的院子。只可惜那間位於萊姆里傑斯的屋子截至一九七九年已經多次易手，而當時的屋主（一個當年常見的典型庸人）無情拒絕了我的請求，不讓我進院子執行數小時的古代凱爾特儀式。不過無妨，我從一位親切的送奶人那裡得知那家人何時去度假，便趁那個時候「溜」了進去。

重返院子那天下著雨，天氣濕冷陰霾。我站在大雨傾盆的草地上，身旁是母親當年種下的玫瑰（如今被迫和俗不可耐的其他花草共享院子），隔著雨幕可以見到白、杏黃、粉紅、金、紅各種顏色。

我專心回想童年在院子裡的記憶，回想世界和我心靈最後一次不受侷限的時刻——我穿著藍色羊毛連身短褲，手裡抓著一只有點掉漆的小錫兵。

我沒想到回想的力量如此之強。我的心靈瞬間自由，目光也得到了滌清，讓我準備的冗長複雜的儀式完全派不上用場。我不再看見或感覺到雨水，而是站在年幼時的晴朗陽光下，玫瑰的色澤豔麗得不自然。

通向其他世界的門開始在我四周出現，但我知道自己找的是哪一扇，就是通往所有被遺忘事物的門。門的邊緣缺角破損，是過去的想法穿門而過離開這個世界留下的痕跡。

不一會兒，門已經變得清晰明顯，就立在里沃玫瑰和白豔婦玫瑰之間。我走到門前踏了進去。

門裡是一個有著鋪石地板與大理石牆的巨大房間。八尊雄偉的雕像環伺著我，尊尊不同，每尊都是牛頭人像。大理石臺階綿延得又高又遠，令人分不清方位。詭異的雷鳴聲（似乎是海濤）震耳欲聾……

我保持冷靜

信天翁來到西南堂那年第九月第十九天

我日記裡記載的勞倫斯・艾恩—塞爾斯的理論，和先知本人的說法遙相呼應，再度證實他倆是同一個人！重新得知艾德多瑪勒斯的名字和正確寫法，我很開心，因爲三個月前另一人進行儀式時召喚的正是這個名字！我敢說另一人是從勞倫斯·艾恩─塞爾斯那裡得知艾德多瑪勒斯的名字的（先知說過，「他的所有想法其實都來自於我。」）。

日記裡有句話讓我不解：世界曾經不停地和古代人說話。我不了解這句話爲何要用過去式，因爲世界依然每天對我說話。

我認爲我比一開始更懂得怎麼讀這些日記。就算用語再晦澀，我也能保持冷靜；帶有神祕能量的語詞，例如「曼徹斯特」和「警局」，也不再令我煩惱。我彷彿幾乎毫無意識地養成了一個習慣，將這些日記視爲先知的手筆或神諭，某人在狂熱或通靈狀態分享的知識，只是形式古怪，不容易理解。

也許我在寫這些日記時，確實處於不同的意識狀態？我覺得這個推論很有道理，卻也留下了不少未解的難題。我是如何進入那個意識狀態的？還有，明明我始終以科學家自居，怎麼會嘗試進入不同的意識狀態？

大洪水要來了

信天翁來到西南堂那年第九月第廿一天之一

記錄潮汐是我的日常工作之一。除了肉眼觀察，我還仰賴一組自己發明的公式，每隔幾個月計算一次，以確保其後數週不會出現意外的高潮或低潮。但我最近事情太多，幾乎忽略了這件事。今天早上我一計算，赫然發現一件令我心中警鈴大作的事：再過不到一週就會有四潮會合！

我差點就錯過這件事了，眞是不可置信！我上次計算只算到兩週多前。我完全忽略了自己的責任，置自己和另一人於生命危險中！

我激動得跳了起來，在堂裡來回踱步。喔，**可惡！可惡可惡可惡！**我喃喃自語。**可惡可惡可惡可惡！**白費工夫兜了一兩分鐘圈子之後，我口氣堅決地告訴自己，哀悼過去沒有好處，重要的是規劃未來。

我重新坐下來埋頭計算，以便更準確掌握接下來會發生什麼。雖然潮水的流力與體積很難精確預測，但應該會有四十到一百座廳堂被淹沒。

幸好今天是週五，我和另一人見面的日子。我提早了快半小時到西南二堂，只想快點跟他說話。

他一出現，我就說：「我有件事想告訴你。」

他皺起眉頭，開口想制止我。他不喜歡聽我命令，但我不理他。「大洪水要來了！」我宣布道：「我們要是不好好準備，很可能會被捲走溺死。」

另一人立刻全神貫注。「溺死？什麼時候？」

「下週四，再過六天。中午前半小時左右開始出現洪水，從東堂來的高潮會……」

「下週四？」另一人放鬆下來。「喔，那就沒關係了，反正我週四不在。」

「你要去哪裡？」我吃驚地問。

「某個地方，」他說：「那不重要，別擔心。」

「喔，我知道了，」我說：「嗯，那就好。洪水的中心點會在一廳西北方零點八公里左右，你務必避開洪水會經過的地方。」

「我不會有事的，」另一人說：「你也是吧？」

「喔，對呀，」我說：「謝謝你關心。我會走到南堂。」

「那就好。」

「這樣就剩十六了，」我不假思索地說：「我得去……」

我沒往下說。

「什麼？」另一人厲聲說道：「你說什麼？這跟十六有什麼關係？」

「我只是想說十六不住在這些堂，」我說：「不會知道大洪水要來了。」

「嗯，我想也是。所以呢？」

「我不希望她溺死，」我說。

「相信我，皮拉奈奇，她一死所有問題都解決了。不過，其實怎樣都沒差。你又聯繫不到十六，就算想警告她也沒辦法。」

我沒開口。

「是這樣吧？」另一人說：「你沒跟她說過話吧？」他目光嚴厲打量我。

「沒有，」我說。

「現在沒有？之前也沒有？」

「現在沒有，之前也沒有。」

「嗯，那就沒事了。不論發生什麼都不是你的錯，我不會擔心。」

我又沒說話。

「好了，」後來另一人開口說：「我想你應該有事要做吧？」

「很多事。」

「為了洪水做準備之類的。」

「嗯，沒錯。」

「好吧，那我就不打擾你了，」說完他轉身朝一廳走去。

「再見，」我在他背後喊道：「再見！」

你是馬修・羅斯・索倫森嗎？

信天翁來到西南堂那年第九月第廿一天之二

我該怎麼做很清楚。我必須立刻趕去西北六堂，留言警告十六洪水要來了！

我一邊趕路，一邊想著我上回寫給她的，求她離開這裡的留言。或許她已經回覆了。

或許她的留言會像這樣：

親愛的皮拉奈奇

你說得對，我今天就會回我的廳堂去。

抱著敬意的十六

如果眞是那樣，我就不用擔心她被洪水淹死了。但我心底期盼她沒有回去。說來或許奇怪，但我知道她回去了我會很想她。世界除了十六之外，就只有我和另一人，而（你讀到我這樣說可能會很意外）另一人有時不是那麼好相處。我很想知道十六是不是又留了言給我，即使我不敢讀。我想我其實希望她會這樣留言：

親愛的皮拉奈奇

你的留言很有幫助，給了我許多資訊。讀完之後，我明白只要拋棄自己的邪惡，你我或許就能成為朋友。我們見面談談吧。我保證不會讓你發瘋。作為回報，你願意教我如何不邪惡嗎？

抱著希望的十六

到了西北六堂，禿鼻鴉聒噪地跟我打招呼。我在鋪石地板上看見十六和我上一則留言的殘跡，但沒有新的留言。十六沒有回覆。我很失望，但告訴自己這也是理所當然。假如我一再直接抹掉十六的留言，讀都不讀，她其實不大可能繼續寫下去。

我拿出粉筆，跪在地上在我上一則留言下方寫道：

親愛的十六

六天後，大洪水就會淹到這些廳堂。所有地方都會被水淹沒，深度比妳我還高。

據我估計，危險區域將擴及以下範圍：

從這裡往西六座廳堂
往北四座廳堂
往東五座廳堂
往南六座廳堂

洪水會持續三四個小時才開始消退。

那段時間請遠離這些廳堂，否則會有危險。到時水流會非常急。妳如果被洪水捲走，記得快往上爬！雕像很好心，他們會保護妳。

皮拉奈奇

我仔細重讀自己的留言。內容夠清楚了，只有一個地方例外。十六必須曉得我是哪天留言的，「六天後」對她才有意義，但她怎麼知道？

我可以寫下今天的日期，但那是按照我發明的紀日法算出來的，十六不可能發明和我相同的方法。

又及：今天是新月第二天，洪水來襲會是上弦月第一天。

我只能抱著希望，十六不會不再來這座堂，以致錯過了這則警告。

洪水來之前，我必須將蒐集淡水的塑膠碗統統收好，免得被水沖走。我知道有兩只碗擺在廿四廳另一側的西北十八堂，離西北六堂不遠。我想既然都來到附近，不如順便去拿。

我走到廿四廳。這個廳的特色在於臺階前有一小彎白色鵝卵大理石淺坡，稍稍擋住了通往下堂的路。鵝卵大理石是潮水日積月累堆成的，表面光滑圓潤，摸起來很舒服，色澤純白，美麗透亮。我常走下斜坡去釣魚和撿海貝，儘管總會弄掉幾塊石頭，但是數量都不多，不曾改變坡的形狀。

今天我首先注意到的就是石頭被動過了，淺坡一側出現了一個原本沒有的缺口，讓我大吃一驚。是誰做的？我見過禿鼻鴉和烏鴉叼小鵝卵石敲開海貝，但鳥不會無緣無故就取走一大堆石頭。

我左右張望，發現東北角落的鋪石地板上散落著白色物體。

我走上前去，等我發現那些鵝卵石排成了某種形狀時已經來不及了。是字！十六留下的字！我還沒能將目光撇開，就已經讀完整則留言了！十六用鵝卵石排成每個高廿五公分的大字寫道：

你是馬修・羅斯・索倫森嗎？

馬修・羅斯・索倫森。這是名字，三個詞組成的名字。

我眼前浮現一幅景象，有如記憶或異象。

……我似乎站在某個城市的多重路口，滂沱陰雨從陰霾的天空落在我身上。燈光燈光燈光，到處都是閃耀的燈光！五顏六色的光影映照在潮濕的柏油路上，四面八方都是高樓大廈，車輛呼嘯而過，大樓外牆刻著話語和影像。街上滿是黑暗的身影，我起初以為是雕像，但黑影在動，於是我發現他們是人。成千上萬的人，數量超出我有過的任何想像。太多人了，多到我腦袋裝不下。所有東西都帶著雨水的味道，還有金屬和霉味。這幅景象有個名字，就叫……

然而，話語在思緒邊緣顫動片刻，隨即消逝無蹤，影像也隨之煙滅。我又回到了真實世界。

我站立不穩，差點跌倒，感覺暈眩乾渴，無法呼吸。

我抬頭注視牆上的雕像。「我要喝水，」我啞著嗓子對他們說：「給我水。」

但他們只是雕像，無法拿水過來，只能用沉靜尊貴的神情俯瞰我。

我是……

信天翁來到西南堂那年第九月第廿一天之三

十六竟然想出方法達成她的邪惡目的，逼我發瘋了！我抹掉她上一則留言，結果咧？她馬上弄出一則我不可能不先讀完才去除的留言！

你是馬修．羅斯．索倫森嗎？

我是……我結結巴巴，我是……

我一開始只講得出這兩個字。

我是……我是屋子的愛子。

沒錯。

我立刻鎮定了一些。有了這個身分還需要別的嗎？我不覺得。接著我又想到：

我是皮拉奈奇。

但我知道自己不大相信。皮拉奈奇不是我的名字（我幾乎可以肯定皮拉奈奇不是我的名字）。

我曾經問另一人爲什麼要叫我皮拉奈奇。

他有些尷尬地笑了。喔，那個啊（另一人說），呃，我想一開始算是開玩笑吧，畢竟我得想個方式叫你，而且那個名字跟迷宮有關，很適合你。你應該不介意吧？你如果不喜歡，我就不那樣叫你。

我不介意，我說，而且你說得沒錯，你得想個方式叫我。

在我記下這些事的此刻，屋子安安靜靜，彷彿充滿期待，等候不尋常的事情發生。

你是馬修・羅斯・索倫森嗎？

我又不曉得馬修・羅斯・索倫森是誰，怎麼回答這個問題？也許我該翻開索引看裡面有沒有馬修・羅斯・索倫森？

我走到西北十八堂喝了一大口水，味道好極了，讓人神清氣爽（這些水不過幾小時前還是雲呢）。我休息片刻，接著去北二堂拿出索引和日記。

你是馬修・羅斯・索倫森嗎？

馬修・羅斯・索倫森（Matthew Rose Sorensen）的名字包含三個詞，搞得我在索引裡有點難找。我先查條目「S」沒有收穫，接著改查條目「R」，結果找到三則日記。

羅斯・索倫森，馬修，著作列表二〇〇六至二〇一〇年：日記廿一，頁六

羅斯・索倫森，馬修，著作列表二〇一一至二〇一二年：日記廿二，頁一四四至一四五

羅斯・索倫森，馬修，提供給「撕裂與蒙蔽」的個人小傳：日記廿二，頁二〇〇

最後一則看來最有內容。

馬修・羅斯・索倫森生於英國，父親為丹麥和蘇格蘭混血，母親是迦納人。原本主修數學，但興趣很快（從數學哲學和思想史）轉向目前的研究領域，也就是踰越思想。目前在撰寫專書介紹勞倫斯・艾恩—塞爾斯，一位集科學、理性和法律踰越者於一身的人。

馬修・羅斯・索倫森認爲勞倫斯・艾恩—塞爾斯否定科學和理性，我覺得這看法很有意思，因爲他說錯了。先知是科學家，而且熱愛理性。我對著空氣大聲說道：

「我不同意你的看法。」

我這樣做是爲了召喚馬修・羅斯・索倫森，誘使他現身。如果他眞的是我的一部分，只是被遺忘了，那他應該不喜歡被否定，應該會開口反駁。

可是沒用。馬修・羅斯・索倫森並未從我心底某個幽暗角落浮現，依然是虛空、沉默與缺席。

我翻閱另外兩則日記。

第一則只有列表。

〈「現在、這裡、現在、永遠」：普里斯特利的時間劇〉，《時間》期刊（Tempus），卷六：頁八五至九二

《擁抱／容忍／詆毀／消滅：學術界如何對待局外人思想》，曼徹斯特大學出版社，二〇〇八年

〈局外人數學的來源：拉馬努金和女神〉，《思想史季刊》卷廿五：頁二〇四至二三八，曼徹斯特大學出版社

第二則也好不到哪裡。

〈歪七扭八：史蒂芬・莫法特、轉瞬之間及鄧恩的時間理論〉，《時空與萬有期刊》卷六四：頁四二至六八，曼徹斯特大學出版社

〈「你心靈風車裡的圓圈」：迷宮對勞倫斯・艾恩—塞爾斯剝削門生的重要性〉，《迷幻與反文化評論》卷卅五第四期

〈教堂屋頂上的石像鬼：勞倫斯・艾恩—塞爾斯與學術界〉，《思想史季刊》卷廿八，頁一一九至一五二，曼徹斯特大學出版社

《局外人思想：通識讀本》，牛津大學出版社，二〇一二年五月卅一日

〈時間旅行建築〉，英國《衛報》論保羅・伊諾奇和布雷德福特的專文，二〇一二年七月廿八日

我挫折得長哼一聲。這兩則日記根本沒用！除了馬修・羅斯・索倫森對勞倫斯・艾恩—塞爾斯很感興趣（這點完全不足以將他和世界上其他人分開）之外，我什麼新資訊也沒得到。我很想猛甩日記，好像這樣做就能抖出更多資訊似的。

我坐在那裡想了很久。

還有一個人我沒在索引裡搜尋過，那就是另一人。我現在才想起這件事。但要是我在記述另一人的日記裡讀到馬修．羅斯．索倫森，那……我愣了一下。那又怎樣？那我或許有辦法判斷另一人是否知道馬修．羅斯．索倫森，最終確認馬修．羅斯．索倫森是不是我。

這樣做感覺無傷大雅。老實說，在我可以搜尋的人名裡頭，另一人感覺最保險，因為我和他朋友那麼多年。我打開索引翻到字母「O」，發現和**另一人**（the Other）有關的日記共有七十四則。我寫到另一人的比例比其他主題都高，甚至不得不將字母「P」的部分往後推了兩頁，才記得下所有和他有關的日記條目。

我找到：

另一人，進行過的儀式
另一人，針對偉大神祕知識的發言
另一人，借我相機去拍淹沒堂
另一人，要我替他繪製星圖
另一人，要我替他繪製一廳周邊各堂的地圖

另一人，推測雕像可能是某種密碼，而且我們有辦法解讀

諸如此類。我一直往下讀到最近幾則日記：

另一人，用無意義名詞「拍擊海」測驗我的記憶

另一人，給我一雙鞋當禮物

接著我隨便挑了幾則日記讀。我讀到另一人在我協助下進行的各種儀式，讀到另一人有多聰明、多科學、多有洞見和多英俊。我讀到自己詳細描述他的穿著打扮。這部分還滿有意思的，但對我眼前的問題完全沒幫助。和記述史丹利．歐文登、毛利奇歐．裘薩尼、席維雅．達戈斯提諾或勞倫斯．艾恩—塞爾斯的日記不同，日記裡對另一人的描述對我來說一點也不新。裡頭沒有似乎含有意義的晦澀用字或片語（例如「瓦里蘭治」或「外科診所」），講述的事我也都清楚記得，而且完全沒提到馬修．羅斯．索倫森這個名字。

我記得先知稱呼另一人為**凱特利**（Ketterley），於是翻到索引的字母「K」。相關日記共有八則，第一則在日記二（原本的日記廿二）第一百八十七頁。

瓦倫坦・安德魯・凱特利博士，一九五五年於西班牙巴塞隆納出生，在英國多塞特郡普爾鎮長大，父親為軍人暨神祕主義者拉努夫・安德魯・凱特利上校。瓦倫坦・凱特利師事勞倫斯・艾恩－塞爾斯，畢業後於曼徹斯特大學擔任社會人類學研究員。一九八五年和克蕾孟絲・休柏特結婚，一九九一年離異，有兩名子女。一九九二年離開曼徹斯特大學，在倫敦大學學院擔任教職。同年六月投書《泰晤士報》，和勞倫斯・艾恩－塞爾斯公開決裂，指控對方刻意誤導及操弄學生，灌輸學生偽神祕主義和其他世界的故事，並呼籲曼徹斯特大學解聘艾恩－塞爾斯，但校方直到艾恩－塞爾斯一九九七年因非法拘禁被捕才將之開除。

近年來，凱特利對艾恩－塞爾斯的問題一概拒絕回答。

問題：該不該聯繫凱特利，看他願不願意和我詳談？他住在拍擊海公園路附近。

下一步：列出詢問凱特利博士的問題。

熟悉的狀況又出現了。日記裡再次混合著意義清楚和意義晦澀（如果真有意義的話）

的字句。有趣的是，我發現「拍擊海」這個神祕用語再度出現，而且不該有破折號。

我重查索引想找出下一則相關日記是哪一天，忽然察覺有地方不對。其餘的（七則）日記是連著的，從日記廿二的最後十頁到日記廿三的前卅二頁全是在談凱特利。

於是我翻開日記二（原日記廿二），結果發現我想找的那最後十頁不見了，只剩沒撕乾淨的殘頁。我又翻閱日記三（原日記廿三），情況一樣，整整卅二頁有關凱特利的日記內容全被撕掉了。

我呆坐原地，滿頭霧水。

誰會做這種事？是先知嗎？我知道先知憎惡凱特利。也許恨意使他極力銷毀一切有關他死敵的文字？還是十六做的？因爲十六痛恨理性，說不定她也嫌棄書寫，痛恨這個能讓理性在人與人之間傳遞的媒介。但這說不通啊，因爲十六靠書寫留了很長的訊息給我。再說先知和十六怎麼找得到我的日記？我之前也解釋過，我的日記都收在郵差包裡，藏在北二堂東北角落的「玫瑰叢裡的天使」雕像後方。屋子的雕像成千上萬，它只是其中一座，他們倆怎麼可能曉得上哪裡找？

我坐在地上想了很久。我想不起自己曾經撕下日記，但現實中還有誰能這樣做？而且我也已經明白，有許多過去發生的事我都毫無記憶，例如寫下這些費解的段落，因此那些日記有可能是我撕掉的。

但如果是我撕的，那些日記去哪裡了？發生了什麼事？

我拿出我從西八十八堂拾回來的紙片，挑了幾張攤在地上仔細檢視。其中一張應該是紙頁邊角的紙片上寫著數字「二三一」——是日記二的頁碼。

我立刻（而且幾近急切地）開始拼湊紙片，最後拼出了大約三十則日記，時間（根據我所標記的日期）從二〇一二年十一月十五日到二〇一二年十二月二十日。最長一則日記的標題是：二〇一二年十一月十五日事件。

卷五

CHAPTER 5

瓦倫坦·凱特利

二〇二二年十一月十五日事件

我十一月中旬去造訪他。下午四點剛過，薄暮冷藍，下午那場狂風暴雨讓車燈都成了光點，石頭路面灑滿黑色落葉，宛如拼貼。

我一進屋就聽見樂聲，是安魂曲。我走到門前，在白遼士的樂音中等他應門。門開了。

「你是凱特利博士嗎？」我說。

應門者年齡介於五六十之間，身材高瘦，長相英俊，五官給人苦行者的感覺，顴骨及額頭都高，黑髮黑眼，橄欖色皮膚。雖然髮線後退，但不明顯，鬍鬚修得一絲不亂，微微收尖，比頭髮斑白一些。

「我是，」他說：「你是馬修・羅斯・索倫森？」

我點頭稱是。

「請進，」他說。

我記得進門後，街上的雨水味非但沒有消失，反而更濃烈。屋裡聞得到雨水和雲霧，嗅得到無垠的空間，還有大海的氣味。

在拍擊海公園路的維多利亞式排屋裡聞到這些味道，根本說不通。

他領我到起居室。白遼士曲聲不斷，雖然凱特利將音量調小，但我們談話時音樂仍在房內繚繞，那首災難之歌。

我將郵差包放在地上，他端了咖啡過來。

「就我所知，您是學者，」我說。

「**曾經**是，」他略帶厭煩解釋道。「十五年前了。我現在是私人心理師。學術界一直不大歡迎我，我思想不對，往來的人也不對。」

「看來和艾恩─塞爾斯往來對你沒什麼幫助？」

「嗯，是啊。許多人到現在還是認爲我當時一定曉得他的惡行，但我眞的不知道。」

「你現在還和他見面嗎？」我問。

「當然沒有！都二十年了，」他若有所思看著我。「**你**跟勞倫斯談過了？」

「沒有。我自然有寫信給他，可是他一直拒絕見面。」

「可以想像。」

「我覺得他可能是對過去的行爲感到羞恥，所以不想跟我談話。」

凱特利冷笑一聲。「應該不是，勞倫斯沒有羞恥心。他只是故意唱反調。有人說白，他就說黑。你說你想見他，他就不會見你。他就是那種人。」

我拿起郵差包放在腿上，抽出日記來。除了目前這本，我還帶了之前的日記（我幾乎每天都會翻閱）、日記索引和一本預備當作下一本日記的空白筆記本（目前這本已經快寫完了）。

我翻開日記，準備開始紀錄。

凱特利饒有興味望著我。「你還在用紙和筆？」

「我用日記的形式做筆記。講起紀錄資訊，我覺得日記應該是最好的方法。」

「你很會做紀錄嗎？」他問：「整體說來？」

「非常會，整體說來。」

「有意思，」他說。

「怎麼說？你想雇用我嗎？」我問。

他笑了。「誰知道，也許喔，」他頓了一下。「這就是你來的目的？」

我說我主要對踰越思想感興趣，還有建構踰越思想的人，以及各個學門對踰越思想的反應，像是宗教、藝術、文學、科學和數學等等。「而勞倫斯．艾恩─塞爾斯是踰越思想家中的佼佼者。他踰越了太多界線。他將魔法當成科學來撰述，讓一群極具聰明才智的人相信其他世界存在，相信他能帶他們造訪那些世界。他在同性戀還不合法時表露性向，還綁架了一名男人，至今沒有人知道原因。」

凱特利沒有說話，表情空白（感覺不大妙），臉上無聊多過厭煩。

「我知道這些都是很久以前的事了，」我故作體諒地說。

「我記性好得很，」凱特利冷冷回道。

「喔，那太好了。我目前正嘗試描繪一九八〇年代上半的曼徹斯特、和艾恩－塞爾斯共事的情況與氛圍、他跟你們說了哪些事，以及召喚出哪些可能，諸如此類的。」

「沒錯，」凱特利沉吟道，顯然在喃喃自語。「所有人提到勞倫斯總是會用這個詞，**召喚**。」

「你認為這個詞用錯了？」

「廢話，我當然覺得用錯了，」他忿忿說道：「那樣講好像勞倫斯是魔法師，而我們都是看戲的傻子一樣。事實根本不是這樣。他喜歡你跟他爭辯，喜歡你踩著理性論者的立場。」

「然後……？」

「然後他會擊垮你。他的理論不只是障眼法，差得遠了。他什麼都想過了，他的理論找不出邏輯的破口，而且他完全不怕將想像納入思想之中。他對前現代人的描述比我聽過的所有說法都要有說服力。」凱特利停頓片刻。「我不是說他沒有操弄人，因爲他當然有。」

「但你剛才不是說……」

「我說的是個人層面。他對人就非常操弄。思想上他很誠實，但和人往來互動就操弄得很。席維雅就是一個例子。」

「你是說席維雅・達戈斯提諾？」

「那女孩很怪，對勞倫斯死心塌地。她是獨生女，跟父母很親，尤其是父親。父女倆都是很有天分的詩人。勞倫斯要她藉故和父母起爭執，和他們斷絕所有往來。她眞的照做了，因爲勞倫斯要她那麼做，因爲勞倫斯是大智者、大先知，將帶領我們所有人邁向下一個人類時代。要席維雅斬斷血緣親情對他沒有絲毫幫助，也沒有半點好處，他那樣做只是因爲他做得到，因爲他想讓席維雅和她父母痛苦，因爲他很殘忍。」

「席維雅・達戈斯提諾是失蹤者之一，」我說。

「那件事我什麼都不知道，」凱特利說。

「你說他思想上很誠實，我不這麼認爲。他說他去過其他世界，還說不只他，其他人也去過。這其實不大老實，不是嗎？」我語氣可能有些輕蔑，雖然我覺得別顯露出來比較好，但我講話向來喜歡佔上風。

凱特利面露不悅，心裡似乎糾結著什麼，剛想開口就改變主意，最後說道：「我不是很喜歡你。」

我笑了。「我無所謂，」我說。

起居室裡沉默片刻。

「爲什麼是迷宮，你覺得呢？」我問。

「什麼意思？」

「你覺得勞倫斯爲什麼說其他世界，他自稱最常造訪的那個世界是迷宮？」

凱特利聳聳肩。「形容它浩瀚無垠吧，我想，同時象徵了存在的榮耀與可怖，沒有人能活著出來。」

「了解，」我說：「但我還是不大明白他怎麼說服你們相信它確實存在？我是說那個迷宮世界。」

「他讓我們進行某種儀式，說做了就能去到那裡。儀式裡有些部分……召喚力很強，我想，很有暗示性。」

「儀式？真的嗎？我還以爲艾恩—塞爾斯認爲儀式毫無意義呢。他在《半掩之門》裡不是那樣說嗎？」

「的確，他說他自己只要調整心靈框架，回到童年時的好奇心境，重拾前理性的意識狀態，就能進入迷宮世界，還說自己隨時都能做到。但想也知道，我們這群學生幾乎統統沒輒，所以他就打造了一套儀式，讓我們能進入迷宮。但他也講明這是因爲我們欠缺能力而不得不然的權宜之計。」

「了解。幾乎統統嗎？」

「什麼？」

「你說你們不進行儀式幾乎統統無法進入迷宮，這話似乎表示有人做得到？」

凱特利沉默片刻。

「席維雅。席維雅覺得自己能用勞倫斯的方法進入迷宮，就是返回好奇心境。我之前說過，她是個很怪的女孩子，是詩人，很多時間活在自己腦袋裡。天曉得她感覺自己見到了什麼？」

「那你有見過嗎？那個迷宮？」

凱特利想了想。「我通常有的算是某種暗示效果，感覺自己站在巨大的空間裡，不僅遼闊，還很高遠。雖然有點難以啓齒，但我確實見過一次。我是說，我感覺自己見過一次。」

「那裡看起來如何？」

「跟勞倫斯的描述很像，彷彿無數的古典建築串接在一起。」

「你覺得那代表什麼？」我問。

「沒什麼。我覺得它不代表任何東西。」

沉默片刻。接著他忽然開口：「有人知道你來找我嗎？」

「什麼？」我說。那問題感覺很怪。

「你說我和勞倫斯・艾恩—塞爾斯往來阻礙了我的學術之路，但你也是學者，卻過來問東問西，將一切又挖出來。我很好奇你怎麼好像不在意。你難道不怕這樣做玷污了你的學術成就嗎？」

「我不認爲有誰會對我的研究取向有意見，」我回答：「我寫書介紹勞倫斯・艾恩—塞爾斯只是爲了介紹踰越思想，我想我之前已經說明過了。」

「喔，了解，」他說：「所以你跟很多人提到自己今天會來找我嗎？所有朋友？」

我皺眉道：「沒有，我沒有跟任何人說。我通常不會跟別人說自己要做什麼，但不是因爲……」

「有意思，」他說。

我們用互不欣賞的眼光望著對方。我正打算起身告辭，他突然開口：「你眞的想了解勞倫斯，還有他對我們的魔力嗎？」

「對，」我說：「當然。」

「既然如此，我們就該進行儀式。」

「儀式？」我說。

「對。」

「你說那個……」

「那個能打開迷宮之路的儀式，沒錯。」

「什麼？現在嗎？」我有點被這個提議嚇到（但我並不害怕，有啥好怕的？）「你還記得嗎？」

「嗯，是啊。我說過我記性很好。」

「喔，那個，我……儀式會很久嗎？」我問：「因爲我得……」

「十二分鐘，」凱特利說。

「喔！喔，好吧，當然，有何不可？」我說著站起身來。「我不用服藥吧？」我說：

「因爲那其實……」

他又蔑笑一聲。「你剛才喝了咖啡，我想應該夠了。」

他拉下百葉窗，從壁爐上拿了一支插著蠟燭的燭臺。燭臺是黃銅做的，底座呈方形，樣式老派，跟屋裡現代歐洲極簡風的裝潢其實不大相襯。

他要我站在起居室中央，面對往玄關的門，那裡沒有任何家具。

他拿起郵差包（裡面有我的日記、索引和筆）掛在我肩上。

「這是做什麼？」我皺眉問道。

「你會用到這些筆記的，」他說：「你知道，等你去到迷宮之後。」

他的幽默感有點怪。

（寫到這裡，我感覺心底竄起一股驚惶，因爲我知道再來會發生什麼。我手在發抖，只能暫時停筆把手穩住。但當時我一無所悉，不覺得危險將至，什麼預感都沒有。）

他點起蠟燭，將燭臺放到玄關地板上，就在門正後方。玄關和起居室一樣都是堅實的橡木地板。我發現他放燭臺的地方有個污點，感覺像是橡木地板被燭蠟反覆滴髒的。污點裡有一個小方塊顏色較淺，和燭臺底座嵌合得剛剛好。

「你要專心看著蠟燭，」他說。

我聽話照做。

但我還是一邊想著污點裡的淺色方塊和放在方塊上的燭臺。就在這時我忽然明白他在說謊。那支燭臺已經擺在那裡非常多次，他還在進行那個儀式，一次又一次。他仍然相信，仍然認爲自己能去到另一個世界。

我不害怕，只是覺得不可思議又很有趣，接著開始思考儀式結束後要問他哪些事情，戳破他的謊言。

凱特利關掉電燈。屋裡一片漆黑，只有地板上的燭光和從百葉窗縫隙透進來的街燈的暈黃。

他站在我身後不遠，要我眼睛盯著蠟燭，接著便用我沒聽過的語言開始唸誦。聽起來跟威爾斯語和康瓦爾語類似，我想可能是布立吞語。就算我剛才沒有發現他在說謊，這會兒也會猜到。他唸誦得那麼篤定、那麼熱切，似乎完全相信自己在做的事。

我聽見「艾德多瑪勒斯」這個名字出現了幾次。

「現在閉上眼睛，」他說。

我乖乖照做。

他繼續唸誦。發現他祕密的快感維持了一陣，但我後來還是開始無聊了。這時他放棄人類語言，感覺從胃裡發出了獸的咆哮，聲音愈來愈高、愈來愈野蠻、愈來愈大聲，也愈來愈不尋常。

忽然間，一切都變了。

世界彷彿瞬間凝結。凱特利不再說話，白遼士也戛然而止。我眼睛仍然閉著，但可以感覺黑暗的質地變了，變得更灰、更涼。空氣感覺變冷了，而且潮濕許多，彷彿墜入霧中。我心想是不是哪裡門開了，但不可能，因爲倫敦的嘈雜聲消失了。我聽見一個聲音，是巨大的空，還有海浪在我四周拍打牆壁發出悶響。我睜開眼睛。

巨大的房裡四壁高聳，雄偉的牛頭人像俯瞰著我，壯碩身軀和昂然大角遮暗了光線，臉上的獸類表情莊嚴而神祕。

我不可置信地回頭看他。

只見凱特利穿著襯衣，面帶微笑看著我，神情一派輕鬆，彷彿這場實驗意外成功。

「原諒我到現在才說，」他笑著說：「但我見到你眞的很開心。我正需要年輕健康的男人。」

「放回去！」我朝他吼道。

他開始大笑。

哈哈哈哈、哈哈哈哈、哈哈哈哈。

卷六

CHAPTER 6

海浪

我錯了！

信天翁來到西南堂第九月第廿一天之四

我交叉雙腿坐在地上，拼好的紙片擱在前方，日記在腿上。我微微側身免得弄髒紙片和日記，將胃裡的東西吐在了鋪石地板上。我全身顫抖。

我起身去喝水，拿了破布和水回來將穢物擦乾淨。

我錯了。另一人不是我朋友。從一開始就不是。他是我的敵人。

我還在發抖。儘管杯子握在手裡，卻拿不穩。

我曾經知道另一人是我的敵人。或者該說馬修．羅斯．索倫森曾經知道。但當我忘了馬修．羅斯．索倫森，也就忘了這一切。

我忘了，但另一人記得。我現在看出來了，他一直擔心我有天會想起來。他喊我皮拉奈奇，免得說出馬修．羅斯．索倫森這個名字。他用「拍擊海」之類的字眼試探我，看會不會喚起我的記憶。我以爲「拍擊海」沒意義是錯的。它不是空話，它對馬修．羅斯．索倫森有意義。

但爲何另一人記得，我卻忘了？

因為他沒有待在屋子裡，而是回另一個世界了。

頓悟來得又重又急，我腦袋似乎跟著震盪。我雙手抱頭發出呻吟。

我不能久留。我太清楚在這裡逗留的後果了：失憶和澈底心理崩潰等等等等。

另一人和先知一樣，從來不會久留，和我見面從來不超過一個小時，而且結束時總會離開，而離開就是回另一個世界。

但我要如何確保自己不會再遺忘？我想像自己再度失憶，將另一人視爲朋友，在屋子東奔西跑，替他做紀錄、拍照和蒐集資料，而他則是一直在背後訕笑我。不不不不不不不不！我想到就覺得受不了！我雙手緊抱著頭，彷彿光是按著腦袋就能阻止記憶逃走。

我要學十六，蒐集廳堂裡的鵝卵石拿來拼字。我要拼出一公尺高的字！**記得！另一人不是你的朋友！他為了自己的好處，將馬修·羅斯·索倫森騙進這個世界！**萬一逼不得已，我會在每座廳堂都拼滿大字！

……為了自己的好處……對，沒錯！關鍵就是這個。這就是他將馬修·羅斯·索倫森騙來的用意。另一人需要有人（一個奴隸！）住在這些廳堂裡替他蒐集資訊。他不敢自己待著，免得屋子讓他失去記憶。

我心底燃起了熊熊怒火。

爲什麼，我爲什麼要跟另一人說洪水的事？我要是能在得知洪水來襲前就察覺這一切就好了，就能當成祕密，等到週四那天再獨自爬到高處，遠離大水看他滅頂！沒錯！這就是我此刻的心願！或許現在還不遲！我要去找另一人。我要對他微笑，裝作沒事一樣，就像他騙我一樣瞞過他。我會告訴他洪水的事是我搞錯了，洪水其實不會來。我們週四這裡見，在這些廳堂見！

但事情當然不是如此。另一人已經說他週四不會來。他從不曾在週四出現。他會安安穩穩待在另一個世界。沒關係！氣憤讓我腦袋變得非常靈光。週二另一人會來，那天是我們固定會面的日子。我會趁機逮住他，用魚網將他綁住。我會親手那樣做！我有兩張合成聚合物製成的魚網，非常堅固。我會將他綁在西南二堂的雕像上，讓他兩天不能動彈。他會心急如焚，害怕洪水就要來了。也許我會給他水喝，也許不會。也許我會告訴他：「你很快就有喝不完的水了！」週四他會看見潮水湧進門裡。他會不斷嘶吼尖叫，而我會大笑，跟他將馬修．羅斯．索倫森騙過來時笑得一樣久，笑得一樣大聲……

我腦中再也裝不下其他。

我心裡只剩病態的長篇幻想，想像自己如何討回公道。我不想休息、不想吃飯、不想喝水，就這樣過了好幾小時（我也不知道多久），腦中不停想像另一人死於洪水或從高處墜落身亡。有些想像裡我會咒罵他、指責他，有些只是冷眼旁觀，聽他求我解釋爲何背叛，但我什麼也不說。每回我都能救他，但都任他喪命。

想像讓我心力交瘁，我覺得就算眞的殺人一百多次也不會這麼累。我大腿痠、背痛、頭痛，眼睛和喉嚨因爲哭泣大吼而發疼。

入夜後，我回到北三堂，癱在床上沉沉睡去。

十六才是我朋友，另一人不是

信天翁來到西南堂那年第九月第廿二天

昨日的操勞讓我今早醒來仍然疲憊不堪。我到九廳去摘海草和淡菜，準備做成熱湯當早餐。我感覺昏沉空虛，不再有心情生氣。儘管我心如死水，嘴裡還是不時迸出啜泣或哭聲，微微洩漏了孤寂的心聲。

我覺得哭聲不是我發出來的，而是在我體內沉睡的馬修·羅斯·索倫森。

他很辛苦，獨自面對敵人讓他不堪負荷。也許另一人奚落過他。馬修·羅斯·索倫森將自己寫在日記裡的被囚經過撕成碎片，撒在了西八十八堂。屋子出於恩慈讓他沉入夢鄉（眞是不幸中的大幸），將他放入我的體內。

然而，在廿四廳看到石頭拼成的自己名字讓他惶惶不安，得知另一人的所作所爲更是雪上加霜。我很擔心他澈底醒來，所有痛苦又會從頭來過。

我伸手按著胸口。噓，別說話，我說，不用怕。你很安全，繼續睡吧，我會照顧我們兩個。

我感覺馬修·羅斯·索倫森又睡了。

我回想讀到的日記，那些關於裘薩尼、歐文登、達戈斯提諾和可憐的詹姆士·瑞特的描述。我之前以爲自己瘋了才寫出那些東西，但我現在知道這個推論錯了。那些日記根本不是我寫的，是**他**寫的，而且他是在另一個世界寫的，那裡的規則、情境與條件顯然和這裡不同。就我所知，馬修·羅斯·索倫森寫下那些話語時，腦袋是正常的。他和我都不曾發瘋。

我又察覺到另一件事：想讓我瘋掉的是另一人，不是十六。另一人說十六想讓我精神錯亂，他在撒謊。

海草淡菜湯煮好了。我喝了湯，這樣才能保持力氣。之後我重新拿出日記，翻到十六寫的那則被我擦到只剩隻字片語的留言。

是瓦倫坦・

凱特（利）

定

拐過其他可能的受害者，而我

神祕學者勞倫斯・艾恩—

塞（爾斯）　　的門生

我現在知道這頁是在講凱特利了。十六筆下的受害者不是受他所害，而（很可能）是凱特利。他是不是騙過其他人進到這個世界？還是受害者只有馬修・羅斯・索倫森？十六用「可能」兩個字代表他相信只有我一個受害者。

想他知道我已經闖入

這裡的他同樣是指凱特利。十六表示凱特利知道她到這些廳堂來了（他會知道是因爲我跟他說了。我暗自咒罵自己眞蠢）。

所以，十六爲什麼要來？

因爲她在找馬修．羅斯．索倫森。因爲她想解救他，讓他不再受另一人奴役。我現在總算看出來了。十六才是我朋友，不是另一人。

想到這裡讓我熱淚盈眶。她是我唯一的朋友，而我竟然躲著她！

「我在這裡！我在這裡！」我朝著空氣大喊：「回來吧！我不會再躲了！」

我明明有好多次可以找到她。她跪在西北六堂地板上留言給我的那一晚，我明明可以跟她說話。還有另外一天，我明明可以在一廳的香水餘味附近等她。或許她已經放棄找我了！或許她看到我拚命躲她，還抹掉她的留言，心裡厭煩到極點。

但不對。她在廿四廳拼了那句話：你是馬修．羅斯．索倫森嗎？排鵝卵石很花時間。十六既有耐心又有決心，還很有創意。她還在找我。

說不定她已經看見我警告她洪水要來的留言了。搞不好她還回覆了。我趕緊洗了碗和煮湯用的平底鍋，將東西收好，然後出發前往西北六堂。

禿鼻鴉見到我來又是一陣聒噪。好好好，見到你們我也很高興，我對牠們說，只是我今天有事要忙，沒辦法跟你們聊很久。

十六沒有新留言，但有件事令人憂心，那就是我警告她洪水要來的留言不見了。其他留言都還在，就少了那一則。我望著空空如也的鋪石地板，心裡一頭霧水。這是怎麼回事？我知道自己忘了很多事，難道我開始記起沒有發生過的事嗎？難道我其實根本沒有拼出那則留言？

我從西北六堂走到廿四廳，結果發現十六留言「你是馬修・羅斯・索倫森嗎？」用的鵝卵石散落四處，所有字都被毀掉了。

另一人，是另一人幹的，我很確定。

我回到西北六堂，仔細檢查鋪石地板。在我留言的地方還看得到淡淡的粉筆字痕跡。另一人也把這則留言擦掉了。

爲什麼？

他弄亂石子免得我知道馬修・羅斯・索倫森，這點可以理解，但爲何抹掉我給十六的留言？難道希望她不小心走到危險區域被洪水消滅嗎？不對，另一人不會「希望」。他只會計畫與行動。他希望她溺死，而且會想辦法確保這件事發生。

三個月前，另一人頭一回跟我提到十六時，他說他跟十六說過話。但當我問他們是在哪裡說話的，他卻愣了一下拒絕回答。那是因爲他們倆是在另一個世界談話的，而他不想讓我知道另一個世界的存在。

另一人會在另一個世界和十六聯繫，說服她在洪水來時到這些廳堂來。說不定他已經這樣做了。十六危險了。

我跪在地上迅速俐落地將另一人擦掉的留言復原。十六要是週四以前有來這裡，就會看到留言和洪水要來的警告。可是……現在離週四只剩五天了，萬一她這段時間沒有來呢？我覺得很有可能。既然我已經知道她來自其他地方（另一個世界），那我想她來訪就沒有固定時間了，無法事前預測，因此有可能不會看到留言。這讓我對她感到憂心忡忡，腦袋裡一直掛念她和她的安危，卻想不出自己還能做什麼來保護她。

預備洪水來襲

信天翁來到西南堂那年第九月第廿六天

除了隱藏人，所有亡者都在洪水會流經的路線上，於是我週日開始將他們搬到安全的地方。

我拿了一條毯子，將餅乾盒人的所有骨骸放到上頭——除了裝在盒子裡的那些。我用海草繩將毯子綑好做成一個袋子，扛著袋子到二廳，從臺階爬到上堂，接著取出骨骸放在懷抱羔羊的女牡羊人像的基座上，然後再回去拿餅乾盒。

凹室人和抱膝童也是如此。我選擇離他們各自住處最近的臺階，將他們移到上堂小心放好。我沒有將魚皮人的骨骸移出來，而是繼續用毯子裹著，因為他有太多碎骨頭，我怕移出來會不見。同樣的，我也讓抱膝童窩在毯子裡，但不是擔心骨骸遺失，而是希望她在陌生的地方能安心。

我花了快三天才大功告成。每位亡者的骸骨都在三點五到四點五公斤之間，每座臺階也有廿五公尺高，但我發現費力勞動其實是好事，讓我不會一直想著另一人帶給我的傷害，以及我對十六的擔憂。

我沒忘記那隻小信天翁（牠現在已經長很大了！），因此做了不少計算，想知道四十三廳會受到多少影響，結果發現那裡頂多只會沾到洪水的邊，就鬆了口氣。雖然那對信天翁把我看成朋友，但我不認爲牠們會讓我將雛鳥移到臺階上。要是到時起衝突，輸的絕對是我！

昨天是週二，我和另一人固定見面的日子，但我沒有去。我心想他會不會起疑？還是覺得我只是忙著提防洪水，沒空和他見面？

玫瑰叢裡的天使像（我的日記和索引都收在雕像後面）離地五公尺，應該不會被洪水淹到，但由於日記和索引對我幾乎就和性命一樣重要，因此我將它們收在棕色的皮革郵差包裡，再用厚塑膠包好，拿到上堂放在餅乾盒人旁邊。我還將所有的釣魚用具、睡袋、鍋碗瓢盆、湯匙和其他物品放到洪水搆不著的高處。最後一項工作是將我拿來蒐集淡水的塑膠碗收回來。

我從西南十四堂取走最後幾只塑膠碗，準備拿回北三堂，途中經過東門兩側有著長角巨人像的西一堂。那些龐然大物面孔扭曲，掙扎著想脫離牆面。

我發現堂裡東北角落有東西，便上前瞧瞧，結果發現一個灰色布料製成的袋子，旁邊擺著兩個用黑色帆布做成的物品。袋子約有八十公分長、五十公分寬、四十公分高，兩個把手由帆布製成，同樣是灰色。我拎起袋子，感覺很重，然後放下。袋子用兩條帶扣帆布帶扣著，我解開金屬扣打開袋子，將裡頭所有東西拿出來。那裡面有：

- 一把槍
- 一個折起來的厚實塑膠製品，是袋子裡最大的東西，幾乎塞滿整個袋子，有藍、黑、灰三個顏色
- 一個有蓋子的圓柱狀容器，裡面裝著一些小東西，用途不明
- 一個比較大的圓柱狀物體，而且連著一根黃色軟管
- 兩根黑色塑膠棍，可以拉長到將近兩公尺
- 四個黑色槳形物

我研究了一兩分鐘，發現槳形物可以接在黑塑膠棍兩端。我打開折起來的東西，發現它形狀長而扁，兩端收尖，是一艘船。那個圓柱狀物體是風箱或打氣筒。將空氣打進那個長扁物，它就會膨脹變成長四公尺、寬一公尺的小船。

我打量袋子旁的那兩個黑色帆布製品，發現它們上頭掛著幾條帶子。我推斷它們應該

是船上用品，但不確定其用途。

洪水前一天爲何會有一艘船出現在屋子裡？是屋子爲了確保我安全給我的嗎？我思考這個可能。之前也有過洪水，但從來不曾有船；而且雖然我可以理解屋子送船給我，卻想不出任何理由它會給我一把槍。不對，槍洩漏了袋子主人是誰。這個袋子是另一人的。

我將船折好，所有東西整整齊齊收回袋子裡，除了那把槍。我拿起它握在手裡，心裡盤算著。我可以拿著它從一廳的大臺階下到下堂，將它扔進潮水裡。

我將槍放回灰布袋裡，扣上袋子，然後回到北三堂。

海浪

信天翁來到西南堂那年第九月第廿七天之一

今天是洪水到來的日子。我和平常一樣時間醒來，整個人神經緊繃，胃糾作了一團。天氣感覺很冷，我從空氣的觸感感覺得到廳堂裡已經下雨了。

我沒有食慾，但還是熱了點湯並強迫自己喝了。維持體內養分很重要。我洗好鍋碗，將剩下的東西收到高處雕像後方，然後戴上手錶。

時間是七點四十五分。

我的首要任務就是找到十六，確保她安全，但怎麼做最好我一點概念也沒有。我敢說另一人絕對設下了圈套，最可能的做法就是跟十六約好何時何處見，他會交代馬修・羅斯・索倫森的下落。因此，想找到十六，最可靠的方法就是先找到另一人。但除非必要，否則我不想靠近他。我還記得先知的話：

十六愈接近，凱特利就會變得愈危險。

我希望自己能在十六見到另一人之前找到她。

我去了一廳，站在陰雨中等待，希望十六會出現。上午九點至十點，我到一廳相鄰的廳堂兜了一圈，但沒見到人。十點時，我回到一廳。

十點半後，我開始在一廳和西北六堂來回。我照著十六留下的路線指示走，前後走了六趟，但都沒找到她。我愈來愈焦慮。

十一點半，我回到一廳。首波潮水已經淹到一廳西北方兩個堂之外的九廳，順著東端臺階不停往上。潮水流過周圍廳堂的鋪石地板，發出細緻的淙淙聲。

沒辦法了，我只能去找另一人。但我才剛下定決心，他就出現了（十六怎麼就做不到這點？），由東向西匆匆走過一廳。他低頭避雨，身上服裝和平常大不相同，換成了牛仔褲、舊套頭衫和球鞋，套頭衫外還罩著一個怪東西。救生衣吧，我想（應該說是我腦中的馬修．羅斯．索倫森那樣想）。

他沒有看見我，直接走到了西一堂。我悄悄跟了上去，躲在門邊的壁龕裡。

另一人立刻走到裝著充氣船的袋子旁，開始拿出袋裡的東西。我一邊看著，一邊尋找十六的身影。另一人心無旁騖，要是十六走進堂裡，我或許還有時間攔住她。

我瞥向另一人身後，發現堂的西端有東西在鋪石地板上閃閃發光，一層淺水從西北門流了進來。我瞄了手錶一眼。一廳西南方五個堂之外的廿二廳，潮水已經翻騰湧上了臺階。

另一人將船鋪開，接上打氣筒開始用腳打氣。船迅速膨脹了起來。

水漸漸淹上了西南二堂和三堂。我可以聽見海浪拍擊牆壁的悶響。

這時我忽然想到：十六很聰明，至少和我差不多，甚至比我更有頭腦。儘管她不曉得洪水要來，但知道不能相信另一人。因此，她應該會和我一樣靜觀其變，希望馬修．羅斯．索倫森會出現。我心裡突然閃過一個畫面：我和十六一起躲在西一堂等另一人出現。

我不能再躲了。於是我離開壁龕，朝另一人走去。

另一人抬頭見我走來，臉上立刻浮現怒容，但還是繼續替船打氣。灰色袋子在他左邊兩公尺左右的地方，已經空了，那把銀色手槍就在袋旁的鋪石地板上。

「你到底去哪裡了？」他氣憤問道，語氣很不悅。「這週二又為什麼沒來？害我四處找你。我忘記你說會有十個或一百個房間淹水了。」他踩腳的速度變慢了，因為船就快充飽氣，腳下阻力跟著變大。「我只好改變計畫，雖然麻煩，但也沒辦法。拉斐爾就快來了，我們不論如何都得搞定，所以別再鬧了，好嗎？因為老實說，皮拉奈奇，我快受夠所有人了。」

「我十一月中旬去造訪他，」我說：「下午四點剛過，薄暮冷藍。」

另一人停止打氣。船充得很鼓，表面又圓又挺。「接下來是裝椅子，」他說：「就是那邊那幾個黑色的東西。麻煩你遞給我，好嗎？」他指著我之前猜不出用途的那兩個玩意兒。「洪水一湧進這裡，你和我就跳上這艘獨木舟。只要看到拉斐爾也想上船或抓住船身，你就用槳敲她的手或頭。」

「下午那場狂風暴雨讓車燈都成了光點，」我又說：「石頭路面灑滿黑色落葉，宛如拼貼。」

另一人正弄著充氣噴嘴。「什麼？」他氣沖沖道：「你到底在講什麼？能不能快點把椅子拿給我？我們必須動作快，她隨時可能會來。」

「我一進屋就聽見樂聲，」我說：「是安魂曲。我走到門前，在白遼士的樂音中等他應門。」

「白遼士？」他總算停止動作，直起身子好好看著我。「我不……白遼士？」他皺著眉說。

我說：「門開了。『你是凱特利博士嗎？』我說。」

另一人聽見自己的名字立刻瞪大眼睛，整個人僵住了。「你說什麼？」他又問一次，聲音因恐懼而沙啞。

「拍擊海，」我說：「你曾經問我記不記得拍擊海，我現在想起來了。」

啪！……啪！……來自廿二廳的潮水愈來愈強，拍打西南二堂和三堂牆壁的力道愈來愈大。

「你看了她的留言，」他說。

「沒錯，」我說。

一道淺淺的漣漪掃過鋪石地板，打在我的腳上，隨即又是一道。

另一人忽然笑了，聲音很怪，明著鬆了口氣，骨子裡歇斯底里。「不不不！」他說：

「你想騙我沒那麼容易。那些話不是你想到的，是別人告訴你的。你其實沒想起來，是拉斐爾唆使你的。拜託，馬修，你以爲我很笨嗎？」

他突然往右一閃，朝擱在鋪石地板上的槍撲去。但我站的位置可是計算過的，跟槍的距離比他還近。我舉起腳將槍狠狠踹飛出去。手槍掠過大理石地板，停在十五公尺外的北牆邊。更多更深的漣漪掃過我們腳邊，朝槍漂去，彷彿我們都在玩誰先拿到槍的遊戲。

「這是……？你在做什麼？」另一人問。

「十六在哪裡？」我問。

他正想開口，我們就聽到一個人喊：「凱特利！」是女人的聲音。十六來了！根據聲音的來向，我推測她就躲在其中一扇南門裡。另一人不習慣堂裡的回音，只能胡亂地四處張望。

「凱特利，」十六又大喊道：「我來找馬修．羅斯．索倫森了。」

另一人攫住我的右臂。「他在這裡！」他喊道：「他在我手上，妳過來找他吧。」

潮水拍擊牆壁的聲音更響了，整座廳堂都隨之震動。水從所有南門恣意湧了進來。

「小心！」我大喊道：「他想傷害妳。他有槍！」

一個瘦小的人影從通往南一堂的門裡走了出來。她穿著牛仔褲和綠套頭衫，深色頭髮紮成了馬尾。

另一人鬆開右手，但左手仍然抓著我。他右手握拳，手臂和身體往後拉，準備使力氣打我，但我隨著他一起轉，讓他一時失去了平衡，半跪在地上。我趁機掙脫他，開始朝十六奔去。

我邊跑邊喊：「洪水要來了！我們要爬到高處！」

我不曉得她聽見多少，但她聽出了我語氣裡的急迫。我抓住她的手，兩人一起朝東牆跑去。

有角巨人像就在東門兩側，但我們爬不上去，因爲他們從牆面伸出的身體離地板足足有兩公尺高，底下完全沒有手抓或腳踏的地方。巨人像左邊是一尊父親抱著兒子替他拔腳中刺的雕像。我鑽進壁龕，攀著基座上到雕像懷中，接著一手抓著側梁，用雕像的手臂、肩膀和頭當踏點，爬上了壁龕上方的三角楣頂端。十六想照著我的路線爬，但她個子沒有我高，而且我想她可能不習慣攀爬，因此雖然上到了雕像懷裡，卻似乎不曉得接下來該如何是好。於是我趕緊沿原路下切，拉著她往上爬。靠著我的協助，她總算爬到了三角楣上。

中午了，之前的兩道潮水湧進十廳和廿四廳，洶湧的巨浪灌滿了周邊區域。

三角楣上方半公尺處是一道飛簷或屋脊，貫穿了整座堂。我們沿著三角楣吃力攀到了飛簷上。這裡離地板大約七公尺高，十六臉色發白全身顫抖（她顯然不喜歡爬高），但表情堅毅而果決。

忽然間，幾道淒厲的聲響劃破了空氣，一聲接一聲，可能有四響。我以爲水的力道與衝擊就快將廳堂沖垮了，心裡一陣驚惶。我低頭一看，發現另一人非但沒上船（上船他就安全了），反而跑到北牆邊拿了槍，正在朝我們開火。

「快上船！」我朝另一人大喊：「快上船，否則就太遲了！」

他又開了一槍，子彈擊中我們頭頂上方的一尊雕像。我感覺額頭一陣劇痛，不禁叫了出來。我伸手去摸，發現滿手是血。

另一人開始涉水朝我們走來，可能想讓槍射得更準一點。

我又朝他大喊，警告他大水就要來了！但四面八方的水聲有如怒吼，我懷疑他聽得見我說什麼。

若非有人朝我們開槍，我和十六就會待在飛簷上（如果水照我預期的再往上漲，我們就會再往上爬）。但此刻我們完全沒有遮掩，也沒有保護。

我們腳下一公尺左右是有角巨人像的手臂與背部，而他背部和牆之間有個空隙，類似大理石做成的凹洞，離我們大約橫向兩公尺、縱向一公尺。我對準凹洞往下跳，輕鬆達陣。我抬頭看十六，只見她怕得瞪大了眼睛。我張開雙臂，她立刻縱身一躍，順利跳進了我懷裡。

這下我們有巨人的身軀擋著，不怕另一人開槍了。我順著巨人的大理石背部往上爬到肩膀，探頭往下望。

另一人已經不理我們，轉頭朝船走去，可惜太遲了。水已經淹到他的膝蓋，洶湧的浪沖得他寸步難行。他愈用力，身體感覺就愈重，而船則是相反，變得愈來愈輕、愈來愈自由，在水面上舞動，從廳堂的這一角漂到另一角，前一秒還在北牆邊，下一秒就跑到了北牆和西牆中間。另一人爲了追上它，不停改變方向，但才咬著牙沒走幾步，船又漂到了完全不同的地方。

忽然間，船似乎想起了自己的目的，決心要救另一人，便掉頭直直朝他奔去。另一人張開雙手彎身上前去抓船，眼看手指離船不到半公尺，我以爲他抓到船頭了，沒想到船突然又轉頭漂開，轉眼間就到了堂的西端。

「快往上爬！往上！」我放聲大喊。船已經追不上了，但我覺得他只要往上爬，或許還能得救。然而，水不斷灌進堂裡，聲音大得讓他聽不見我說什麼。只見另一人繼續徒勞地在水裡跋涉，朝船走去。

這時，隔壁堂裡傳來一聲衝撞的巨響，潮水重重打在了北牆另一面——砰!!好險我們已經下到有角巨人身上；要是還站在飛簷上，絕對會被震下牆。感謝有角巨人將我們牢牢托住。

和天花板比高的浪花迸入北門，映著陽光閃閃發亮，彷彿有人忽然將上百桶鑽石灑入堂中。

大浪湧入北門。一道巨浪將另一人連根拔起，朝南牆甩去，重重撞在離地十五公尺高的雕像上。我想他就是那時斷氣的。

大浪後退，將他捲入吞沒。

充氣小船還在水上亂漂，時而被大水淹沒，但總是又立刻浮出水面。另一人要是抓到船就不會死了。

拉斐爾

信天翁來到西南堂那年第九月第廿七天之二

陣陣巨浪衝撞南牆，廳堂裡全是迸射的雪白浪花。大水淹沒了下層雕像，水的顏色和暴風雨一樣陰沉，深處更是一片黑。大浪好幾次從我們頭頂上方掃過，下一秒又落回水面。我和十六全身濕透，手腳麻木，視線模糊，什麼聲音都聽不見，但總是一次次倖存下來。

時間過去。

大浪轉小，水面也平靜許多。潮水開始退回臺階和下堂，下層雕像的頭部再次浮出了水面。

這其間我和十六都沒有說話。不僅因爲浪濤聲讓我們聽不見對方，也因爲我們都忙著保護彼此，完全顧不得其他。這時我們總算能好好看著對方。

十六神情嚴肅，有著一雙深色大眼和精靈般的臉龐，看上去年紀比我稍長，大約四十歲吧，我想。她的黑髮濕漉漉的。

「妳是十……妳是拉斐爾。」我說。

「我是莎拉·拉斐爾，」她說：「你是馬修·羅斯·索倫森。」

你是馬修·羅斯·索倫森。她這回用了肯定句，不再是問句。這顯然言之過早，最好還是保持問句。但話說回來，萬一她用的是問句，我還眞不知該怎麼回答。

「他認識妳嗎？」我問。

「你說誰認識我？」她說。

「馬修·羅斯·索倫森。馬修·羅斯·索倫森認識妳嗎？所以妳才來這裡？」

她沉吟片刻，考慮該怎麼回答，過了一會兒才小心翼翼說：「不是，你和我從來沒有見過面。」

「那妳怎麼會來？」

「我是警察。」她說。

「喔。」我說。

我們倆又陷入了沉默。剛才發生的一切仍然讓我們心有餘悸，目光裡還是巨浪翻天的景象，耳朵裡還是浪濤聲，腦海中還是另一人被浪攫住撞向雕像的瞬間。我們沒有話能跟對方說。

拉斐爾將心思轉向比較實際的事。她檢查我額頭的傷，告訴我傷口並不深，看來不是被另一人的子彈打中，比較像是被迸裂的大理石碎片擦傷。

水位愈來愈低，退到下層雕像的基座附近時，我開始考慮我們倆該怎麼從有角巨人像下去。走原路是行不通的，因爲必須先往上跳回飛簷。我不認爲拉斐爾辦得到，而且老實說我也不確定自己辦得到。

「我去拿東西把妳接下來，」我對她說：「別緊張，我快去快回。」

我下到巨人腰上，然後跳了下去。水淹到我的大腿。我涉水回到北三堂，爬到我存放所有家當的雕像上。東西都被浪花濺濕了，不過沒有濕透。我取出魚網、一罐清水和幾片海草乾，因爲攝取養分與水很重要。

我走回西一堂。水又退了一些，只到我的膝蓋。我爬回有角巨人像上，讓拉斐爾喝了點水，還吃了一些海草乾（但我想她應該不喜歡），接著將魚網串在一起，一頭綁在巨人手臂上，垂到距離鋪石地板大約半公尺高的地方。然後我先示範，讓她知道怎麼順著魚網往下爬。

我們涉水走到一廳，沿著大臺階爬到水不會淹到的地方，然後坐了下來。我們的衣服都濕透了，黏在身體上。我的黑色鬈髮滿是水珠，看起來跟一朵烏雲一樣，只要一動就會下雨。

鳥發現我們的身影，紛紛聚到了雕像和扶手上。黑脊鷗、禿鼻鴉、黑鶇和麻雀，好多種類，各自用不同的聲音對著我啁啁叫。

「很快就會退了，」我對他們說：「別擔心。」

「你說什麼？」拉斐爾驚詫問道。「我聽不懂。」

「我是在跟鳥說話，」我說：「牠們看到四處水那麼多都很緊張，我跟牠們說水很快就會退了。」

「喔！」她說：「你經……你經常跟鳥說話嗎？」

「對啊，」我說：「但妳用不著一臉驚訝。妳自己也會跟鳥說話，我就聽過，在西北六堂。」

她聽了表情更驚訝了。「我說了什麼？」她問。

「妳叫牠們走開。妳在留言給我，可是牠們一直煩，飛到妳面前，在妳留言上方飛來飛去，想知道妳在做什麼。」

她想了想。「你是說你擦掉的留言嗎？」她問。

「對。」

「你爲什麼要把留言擦掉？」

「因爲另一……因爲凱特利博士跟我說妳是我的敵人，讀妳寫的字會讓我發瘋，所以我就把留言擦掉了。但我又很想讀，所以沒有全部擦掉。我那時有點錯亂。」

「他把你折騰得很厲害。」

「是啊，我想也是。」

兩人沉默片刻。

「我和你都又濕又冷，」拉斐爾說：「是不是該走了？」

「去哪裡？」我問。

「回家，」拉斐爾說：「我是說回我的住處，把身體弄乾，然後我送你回家。」

「這裡就是我家，」我說。

拉斐爾環顧廳內，看了看牆邊的陰沉積水和滴水的雕像，沒有說話。

「這裡通常比現在乾多了，」我趕緊說道，免得她以爲我家很潮濕，不適合住人。

但她心裡想的不是這個。

「我有件事要向你坦白，」她說：「我不知道你是不是還記得，但你有爸爸媽媽，還有兩個妹妹，也有朋友，」她全神貫注望著我：「你記得嗎？」

我搖搖頭。

「他們一直在找你，」她說：「但不曉得從何找起。他們一直擔心你，一直很……」她再次轉開目光，思索該如何表達。「他們很難過，不曉得你在哪裡，」她說。

我沉吟片刻。「馬修・羅斯・索倫森的爸媽、妹妹和朋友很難過，我聽了很遺憾，」我說：「但我不大清楚這和我有什麼關係。」

「你覺得自己不是馬修・羅斯・索倫森？」

「對。」我說。

「但你的臉和他一模一樣。」她說。

「沒錯。」

「手也是。」

「對。」

「還有腳和身體都是。」

「這些都沒錯，但我沒有他的心靈，也沒他的記憶。我不是說他不在這裡。他在，」我拍拍胸脯。「但我想他睡著了。他很好，妳完全不用擔心。」

拉斐爾點點頭。她不像另一人那麼好辯。不論我說什麼，她都不會爭論或反駁，這點我很喜歡。「既然你不是他，」她問：「那你是誰？」

「我是屋子的愛子。」我說。

「屋子？屋子是什麼？」

這是什麼怪問題？我雙手一揮，指著一廳、一廳以外的廳堂和所有地方。「這裡就是屋子啊，妳看！」

「哦，我懂了。」

我們又陷入沉默。

接著拉斐爾問：「我有個不情之請，你願意跟我去見馬修・羅斯・索倫森的父母親和妹妹，讓他們再次見到他的臉，知道他活著嗎？這對他們很有幫助。就算你之後必須離開，我是說就算你必須回這裡，對他們還是很有幫助。你願意考慮看看嗎？」

「現在沒辦法，」我說。

「好吧。」

「我得考慮餅乾盒人的需求，還有抱膝童和凹室人。他們只能靠我照顧。他們在陌生的地方可能會覺得不知所措，我得把他們送回指定的地方。」

「這裡還有其他人？」拉斐爾驚訝問道。

「對呀。」

「多少人？」

「十三個。除了我剛才提到的，還有隱藏人。但隱藏人住在上堂，不會受洪水影響，所以不必動他。」

「十三個人！」拉斐爾不可置信地瞪大了她的深色眼眸。「天哪！他們還好嗎？」

「嗯，」我說：「他們都好，我在照顧他們。」

「但他們都是哪些人？你可以帶我去見他們嗎？史丹利．歐文登是不是在那裡？還有席維雅．達戈斯提諾？毛利奇歐．裘薩尼呢？」

「喔，其中一個很有可能是史丹利．歐文登。至少先……至少勞倫斯．艾恩─塞爾斯顯然這樣認爲。還有一個可能是席維雅．達戈斯提諾，另一個是毛利奇歐．裘薩尼，但我不曉得哪個是哪個。」

「什麼意思？難道他們忘記自己是誰了？他們怎麼說？」

「喔，他們沒說什麼。他們都死了。」

「死了！」

「對。」

「喔！」拉斐爾一時反應不過來，過了半晌才說：「你來的時候他們就死了嗎？」

「我……」我愣了一下。這個問題很有意思，我之前從來沒想過。「應該吧，」我對她說：「我覺得他們都過世很久了。但因爲我不記得自己什麼時候來的，所以也不敢確定。來這裡是發生在馬修・羅斯・索倫森身上的事，不是我。」

「嗯，我想也是。但你說你在照顧他們，那是什麼意思？」

「我會確保他們狀況良好，盡量整齊與完整，還會奉獻食物、水和水蓮給他們，同時跟他們說話。妳的廳堂難道沒有亡者嗎？」

「我那裡也有，沒錯。」

「妳不會帶奉獻給他們，跟他們說話嗎？」

拉斐爾還沒回答，我忽然想到另一件事。「我剛才說有十三名亡者，其實不對，現在還要加上凱特利博士。我必須找到他的屍體、處理好，好讓他和其他亡者在一起，」我兩手一拍說：「所以妳看，我有好多事要做，目前實在沒有離開這裡的想法。」

拉斐爾緩緩點頭。「沒關係，」她說：「時間還很多。」說完伸出手，有點笨拙但又溫柔地放在我肩上。

沒想到我立刻哭了出來，感覺眞是丟臉極了。劇烈的哽咽不停從我胸膛裡湧出，淚水也漲滿眼眶。我覺得哭泣的不是我，而是馬修・羅斯・索倫森用我的眼睛在哭。哭聲持續了好久，直到最後變成啜泣與打嗝似的抽噎。

這其間拉斐爾的手一直在我肩上。我用手背抹了抹眼睛和鼻子，她很有技巧地轉開了目光。

「妳還會回來嗎？」我說：「就算我現在不跟妳走，妳還是會回來嗎？」

「我明天還會再來，」拉斐爾說：「但可能是深夜了，可以嗎？我們到時要如何找到對方？」

「我會在這裡等妳，」我說：「多晚都沒關係，我會等到妳來。」

「你會考慮我的提議嗎？去見你的……去見馬修·羅斯·索倫森的爸媽和妹妹？」

「會，」我說：「我會考慮。」

拉斐爾離開了，消失在一廳東南角落兩尊牛頭人像之間的暗影裡。

我的錶停了，但我猜想差不多是傍晚。我精疲力竭，又餓又濕，孤單一人涉水回到了北三堂。水依然有半公尺深。我爬到高處檢查生火用的乾海草，可惜乾海草全被大浪打溼了。我沒辦法生火，也沒辦法煮飯。

我拿了睡袋（也濕掉了）到一廳，在大臺階較高處的乾臺階上躺了下來。

我睡著前的最後一個念頭是：他死了。我唯一的朋友，我唯一的敵人。

我安慰凱特利博士

信天翁來到西南堂那年第九月第廿八天

我在八廳臺階轉角處發現了凱特利博士的屍體。連續撞擊牆壁和雕像讓他身上的衣服都破了。我將他從扶手上抱下來，讓他平躺，四肢擺好，然後抱著他，讓他不幸撞碎的腦袋靠在我腿上。

「你的英俊相貌沒有了，」我對他說：「可是你千萬不要擔心，現在這樣不好看只是暫時的。你不用難過，也不要怕。我會將你放在合適的地方，讓魚和鳥將破碎的皮肉啃掉，過程很快，然後你就會變成好看的骷髏頭和骸骨了。我會維護你，讓你在陽光和星光下安息，雕像也會帶著祝福俯瞰你。對不起之前生你的氣，我很抱歉。」

我沒找到槍，應該是被潮水吞沒了。但我後來找到了凱特利博士的船，仍然在西一堂的水上飄蕩，只不過積水只到腳踝，沒什麼危險了。

「我眞希望你有救到他。」我對船說。

我是沒感覺船有回應我。它看上去昏昏沉沉，一副半死不活的樣子。少了大浪助陣，船不再是那天在水上舞動的惡魔，對凱特利博士先是嘲弄，然後拋棄了他。

我一直想到拉斐爾說的話，關於馬修・羅斯・索倫森的爸媽、妹妹和朋友的事。或許我該寄個訊息給他們，跟他們解釋馬修・羅斯・索倫森現在住在我體內，雖然失去了意識，但絕對安全，而且我很強壯又有本事，會把他照顧得很周到，就像我照顧其他亡者一樣。

我會問拉斐爾覺得這個想法怎麼樣。

拉斐爾在陰影落到一廳時回來了

信天翁來到西南堂那年第九月第廿八天之二

拉斐爾在陰影落到一廳時回來了。我們一樣坐在大臺階上。拉斐爾帶了一個會發亮的小裝置，跟另一人的裝置很像。她用手指敲了敲那個裝置，那東西就發出一道黃白色的光，照亮了雕像和我們的臉龐。

我跟拉斐爾說了我的計畫，說我想寫信給馬修・羅斯・索倫森的爸爸媽媽、兩個妹妹和朋友，但不知為何她認為那不是個好主意。

「我要怎麼稱呼你？」她問。

「稱呼我？」我說。

「我說名字。如果你不是馬修．羅斯．索倫森，那我要叫你什麼？」

「喔，我懂了。我想妳可以叫我皮……」我頓了一下。「凱特利博士之前都叫我皮拉奈奇，」我說：「他說這個名字跟迷宮有關，但我想有可能是嘲弄我。」

「的確，」拉斐爾附和道：「他是那種人沒錯。」沉默片刻後，她又說：「你想知道我是怎麼找到你的嗎？」

「當然，」我說。

「有一個女的，我想你應該不記得她了。她名字叫做安荷拉．史考特，寫過一本關於勞倫斯．艾恩－塞爾斯的書。你六年前聯繫過她，跟她說你也想寫一本關於勞倫斯．艾恩－塞爾斯的書。那次你們聊了很久，但之後她就再也沒有你的消息了。今年五月她打電話到倫敦你之前任職的大學，想知道書的進展，你是不是還沒寫完。結果對方跟她說你失蹤了，而且差不多從你和她談完話之後就不知去向。史考特女士一聽心裡立刻警鈴大作，因爲她知道艾恩－塞爾斯身旁有不少人下落不明。你是第四個，算上吉米．瑞特的話是第五個。於是她就聯絡我們。我們，我是說警方，這時才曉得你和艾恩－塞爾斯有關聯。我們找了還在艾恩—塞爾斯那個圈子裡的人問話，包括休斯、班納曼、凱特利和艾恩—塞爾斯本人，發現顯然有問題。塔莉．休斯一直哭著道歉，艾恩—塞爾斯得到關注異常興奮，而凱特利只要開口就是說謊。」說到這裡，她停下來問：「你聽得懂我在說什麼嗎？」

「一點點，」我答道：「馬修．羅斯．索倫森有寫到這些人，我知道他們都跟先……勞倫斯．艾恩—塞爾斯有關。是他告訴妳我在哪裡的嗎？他說他會跟妳說。」

「誰？」

「勞倫斯．艾恩—塞爾斯。」

拉斐爾愣了一下。「你跟他說過話？」她不可置信地問。

「對。」

「他來過這裡？」

「是的。」

「什麼時候？」

「大概兩個月前。」

「他沒有說要幫你？沒有說要帶你離開這裡？」

「沒有。但老實說，就算他講了我也不想離開。其實我到現在還是不確定自己想不想離開。」

這時，一隻淺色貓頭鷹從東一堂飛進一廳，停在南牆高處的雕像上，成了陰暗裡一個微亮的白點。我見過大理石做成的貓頭鷹，許多雕像都有牠們，但這是我頭一回見到活的貓頭鷹。我敢說牠的出現肯定跟拉斐爾的到來和凱特利博士離去有關，彷彿代表死的法則被生的法則所取代。我想事情正在加速發展。

拉斐爾沒有看見貓頭鷹。她說：「你沒說錯，勞倫斯．艾恩—塞爾斯一見面就跟我們說了實話。他說你在迷宮裡，但當然……總之，我們一開始以爲他只是想捉弄我們。事實也是，他真的只是在玩我們。我同事耐著性子陪他玩了一陣子，最後都放棄了，只有我不那樣認爲。我心想，既然他喜歡說，我就讓他說個痛快，最後總會從他嘴裡聽到有用的線索。」

說完她手指點了點那臺會發亮的小裝置，那東西立刻用勞倫斯．艾恩—塞爾斯那慢條斯理的高傲語氣說道：「妳覺得我談那麼多其他世界的事都是無關緊要，其實不然。那些事才是關鍵中的關鍵。馬修．羅斯．索倫森嘗試要進入另一個世界。若非如此，他也不會像妳說的『失蹤』。」

接著是拉斐爾的聲音：「他是在嘗試過程中失蹤的？」

「對，」又是勞倫斯・艾恩—塞爾斯的聲音。

「所以他在那個……那個儀式之類的過程中出事了。爲什麼？儀式都在哪裡進行？」

「妳覺得我們是在懸崖邊進行儀式，結果他不愼墜崖嗎？妳搞錯了，完全不是那樣，而且儀式也不是必要。我自己就從來不用儀式。」

「那他爲什麼要做？」拉斐爾問：「爲什麼要進行儀式還是什麼的？從他寫的東西裡看不出他相信你的學說，甚至完全相反。」

「哎，**相信**，」艾恩—塞爾斯講到那兩個字刻意嘲諷地加了重音。「爲什麼大家老是覺得跟相信有關？其實一點關係也沒有。人什麼都能『相信』，我根本不在乎。」

「是這樣沒錯。但如果他不相信，怎麼會想試？」

「因爲他只有半個腦袋，可是發現我的腦袋屬於二十世紀最偉大的心靈之一，甚至是最偉大的，所以他很想了解我，才會嘗試進入另一個世界。不是因爲他認爲其他世界存在，而是他認爲嘗試進入那個世界可以讓他洞悉我的思想，洞悉我。妳這會兒也在做同樣的事。」

「我？」拉斐爾的語氣聽起來很驚訝。

「沒錯，而且妳這樣做的原因跟羅斯・索倫森一模一樣。他想了解我的思想，妳則想了解他的想法。那就照我接下來說的調整妳的認知，照我說的做，妳就會知道了。」
「我就會知道什麼，勞倫斯？」
「妳就會知道馬修・羅斯・索倫森發生了什麼。」
「這麼簡單？」
「是啊，沒錯，就這麼簡單。」
拉斐爾點了點那個裝置，聲音就停了。
「我覺得他的提議還不壞，」她說：「了解你截至失蹤前的想法。於是艾恩—塞爾斯告訴我該怎麼做，如何回到前理性的思維模式。他說只要我回到前理性的思維模式，就會看見四周都是路，到時他再告訴我選哪一條。我以爲他說路只是比喻，因此後來發現不是時還嚇了一跳。」
「沒錯，」我說：「馬修・羅斯・索倫森第一次來這裡時也很吃驚。既吃驚又害怕。之後他就進入了夢鄉，我就誕生了。後來我在自己日記裡讀到一些內容讓我很害怕，心想我寫那些東西時一定是瘋了。但我現在知道那些話是馬修・羅斯・索倫森寫的，他描述的是另一個世界。」
「是的。」

「而且另一個世界有著不同的東西，例如『曼徹斯特』和『警局』之類的詞彙在這裡沒有意義，因爲不存在。『河』和『山』之類的詞彙雖然有意義，但也只是因爲它們存在於雕像裡。我猜舊世界一定存在這些東西。這個世界的雕像描述的是舊世界存在的東西。」

「沒錯，」拉斐爾說：「這裡只看得到山和河的再現，但在我們世界，也就是另一個世界，就見得到眞實的河和眞實的山。」

聽她這樣說，我就不高興了。「我不了解妳爲什麼說我在這個世界只能見到再現，」我語氣有點尖銳地說：「『只能』兩個字代表次等，講得好像雕像就是不如事物本身一樣。但我完全不這樣想。我甚至認爲雕像比事物本身更優越，因爲雕像完美永恆，永遠不會腐朽。」

「抱歉，」拉斐爾說：「我沒有瞧不起你的世界的意思。」

我們倆都沒再開口。

「另一個世界是什麼樣子？」我問。

拉斐爾一臉愕然，彷彿不曉得該如何回答這個問題，最後只說了這麼一句：「那裡人比較多。」

「多很多嗎？」我問。

「對。」

「有七十個那麼多？」我刻意挑了一個不大可能的天文數字。

「對，」拉斐爾說，接著笑了出來。

「妳爲什麼笑？」我問。

「因爲你挑眉的樣子，那種懷疑到近乎傲慢的眼神。你知道你做出這動作的時候很像誰嗎？」

「不知道。像誰？」

「像馬修・羅斯・索倫森，跟我在相片裡見到的他很像。」

「妳怎麼知道不止七十個人？」我問：「妳親自數過嗎？」

「沒有，但我很有把握，」她說。「那裡不總是開心喜樂，我說另一個世界，有許多悲傷的事。」她沉默片刻。「悲傷的事有許多，」她重複道。「不像這裡。」她嘆了口氣。「有件事你必須明白。你要不要跟我回去，完全由你決定。凱特利欺騙了你。他用謊言和欺瞞將你留在這裡。我不想騙你，因此你想走再跟我走。」

「如果我待在這裡，妳會回來看我嗎？」我說。

「當然，」她說。

其他人

信天翁來到西南堂那年第九月第廿九天

從我有記憶以來，就一直很想帶人參觀屋子。過去我經常想像第十六人跟在我身旁，聽我向他娓娓道來：

現在我們來到了北一堂，請欣賞眼前這許多美麗的雕像。在你右手邊是抱著船模型的老人像，左手邊是飛馬和小馬像。

我想像我們一起參觀淹沒堂：

現在我們要穿過地板的破口，沿著倒塌的石頭房子往下方的廳堂走。我踩哪裡你就踩那裡，這樣就不難保持平衡。這些雄偉的雕像是這裡廳堂的特色，我們可以很安穩地坐在上頭。你瞧這裡的水很暗、很平靜。我們可以摘幾把水蓮獻給亡者……

今天我想像成眞了。我帶著第十六人在屋子走動，給她看了許多東西。

她一早就到了一廳。

「你能幫我一個忙嗎？」她問。

「當然，」我說：「什麼事都行。」

「帶我參觀迷宮。」

「樂意之至。妳想看什麼？」

「我不曉得，」她說：「看你想帶我參觀什麼，什麼地方或東西最美。」

不用說，我其實想帶她參觀全部，但不可能。我首先想到淹沒堂，但想起拉斐爾不愛爬上爬下，因此決定帶她去珊瑚堂，也就是從南卅八堂往西和往南延伸出去的一長串廳堂。

我們走過南堂。拉斐爾神情放鬆愉悅（我也很開心），不停東張西望，眼神裡充滿了滿足與讚嘆。

她說：「這個地方眞是太神奇，太完美了。我找你的時候看過一部分，但只要遇到門就得停下來做記號，寫下返回牛頭人房間的路線，因此很花時間又很累人，而且不難想像我不敢走遠，免得出錯。」

「妳不會出錯的，」我向她保證：「妳寫下的路線非常正確。」

「你花了多久摸熟的？迷宮裡的這些路？」她問。

我正想大聲炫耀，說我生來就曉得，那是我的一部分，屋子和我不可分，但還沒開口就忽然明白這不是眞的。我想起自己曾經用粉筆在門口做記號，和拉斐爾一模一樣，還想起自己曾經很怕走丟。我搖搖頭。「不曉得，」我說：「我不記得了。」

「我可以拍照嗎？」她舉起那個會發亮的裝置說。「還是不……？怎麼說呢，這樣做會不會不敬？」

「妳當然可以拍照，」我說：「我有時也會拍照，替另……替凱特利博士。」

但我很高興她有先問我，表示她和我看法一樣，認爲屋子是理當尊重的對象（凱特利博士就一直學不會這點，不知怎地就是做不到）。

我從南十堂岔到西南十四堂，帶拉斐爾去見凹室人。凹室人共十位（我之前提過），外加一隻猴子的骨骸。

拉斐爾看得很認眞，還將手輕輕放在其中一根骨頭上（其中一位男士的脛骨），彷彿在安慰與保證。別怕，我來了，你安全了。

「我們不知道他們是誰，」她說：「眞遺憾。」

「他們是凹室人。」我說。

「其中至少一位應該是艾恩—塞爾斯殺害的，甚至統統是。」

這句話很嚴重。但我還沒決定該如何反應，她就轉頭全神貫注看著我說：「對不起，我眞的眞的很抱歉。」

我嚇到了，甚至有些提防。從來沒有人像拉斐爾對我這麼好，也沒有人像她爲我做了這麼多，而她竟然向我道歉，讓我感覺不大妥當。「不……不用……」我喃喃自語，舉起雙手像是擋開她的話。

但她臉上仍然露出嚴峻憤怒的表情。「他對你做了這些，還有他們，卻永遠不會受到懲罰。我在心裡想了又想，卻莫可奈何。我們找不到罪名可以起訴他，除非先做許多解釋，但沒有人會相信這些事。」她深深嘆了口氣說：「我剛才說這裡很完美，其實不對。這裡也有罪行，就跟其他地方一樣。」

我心裡忽然湧起一股悲傷與無助，很想說凹室人不是被艾恩—塞爾斯殺死的（雖然我沒有證據支持這個看法，而且其中至少一人可能是他殺的）。我很想讓拉斐爾離他們遠一點，免得我用她的角度想他們，將他們視爲受害者，再也無法維持過去的想法，認爲他們是平和尊貴的好人。

我們繼續參觀，不時駐足欣賞某個特別出色的雕像。等我們走到珊瑚堂時，心情已經不再沉重。令人讚嘆的珊瑚讓我們心神舒暢。

雖然珊瑚堂現在是乾的，但感覺曾經有很長一段時間浸在海水中，生成的珊瑚以意想不到的奇特方式改變了這裡的雕像。譬如其中一座女人雕像頭上長出珊瑚皇冠，手也變成了星星或花，還有雕像長了珊瑚角、被釘在珊瑚十字架上或滿身珊瑚箭。獅子像被關在了珊瑚籠裡，而恣意生長的珊瑚甚至蔓延到了旁邊拿著小盒子的男人雕像上，讓他身體右側完好如初，左側卻像被紅色和玫瑰色的火焰吞噬了一樣。

下午三四點，我們回到了一廳。分別前，拉斐爾說：「我很喜歡這裡的安靜，一個人也沒有！」聽她的語氣，彷彿沒人是最大的優點一樣。

「妳不喜歡妳堂裡的人嗎？」我困惑地問。

「喜歡啊，」她語氣不是很熱切。「我通常很喜歡他們。喜歡其中一些。只是我有時搞不懂他們，他們也搞不懂我。」

拉斐爾離開後，我思考她剛才說的話。我無法想像不想和人在一起（雖然凱特利博士有時確實很煩人）。我想起拉斐爾曾經好奇哪些凹室人是被殺害的，還有她光是提出那個問題就讓整個世界變得更陰沉與悲傷。

或許和其他人在一起就是這樣。即使和你非常喜歡或景仰的人在一起，也可能讓你用你寧可不要的角度看世界。或許這就是拉斐爾想表達的。

陌生的情感

信天翁來到西南堂那年第九月第三十天

我在日記裡寫過這樣一段話：

我認為世界（說屋子也可以，因為兩者基本上是同一回事）希望有寓居者在，以見證它的美，領受它的恩惠。

要是我離開，屋子就沒有寓居者了，我能忍受屋子空無一人的想法嗎？

但事實很明顯，如果我留在這些堂裡，就會是孤零零一個人。從某方面來講，我其實不會比之前更孤單，因爲拉斐爾答應會來看我，和另一人一樣。更何況拉斐爾是眞正的朋友，而另一人對我的感覺至少是喜惡參半。另一人只要離開我，就是回到他自己的世界。但我之前不曉得，還以爲他只是去了屋子其他地方。相信這裡有另一個人在能讓我覺得沒那麼孤單。現在只要拉斐爾回到另一個世界，我就知道自己落單了。

因此，我決定跟拉斐爾一起走。

我已經將所有亡者放回原本的地方。今天我重新走過所有廳堂，那些我走過一千次的地方。我去見了所有我最心愛的雕像。當我凝望每一尊雕像，心裡都想：或許這是我最後一次看著你的臉了。再見了！再見！

我離開了

信天翁來到西南堂那年第十月第一天

今天早上，我拿出上頭有「水族館」字樣和章魚圖案的小紙盒。紙盒原本是裴凱特利博士給我的鞋子的，但他後來要我躲避十六，於是我就將自己頭髮上的飾品取下來，收進盒子裡。現在既然要去新世界，爲了展現最好的模樣，我決定花兩三小時將飾品戴回去。

這些好看的小東西都是我自己找到或做的，像是貝殼、珊瑚珠、珍珠、小鵝卵石和別緻的魚骨等等。

拉斐爾來了之後，見到我可愛的裝扮似乎滿驚訝的。

我將日記和心愛的筆裝進郵差包，跟她一起朝東南角落的兩尊牛頭人像走去。雕像間的陰影微微閃動，隱約看得見甬道或小巷和昏暗的牆壁，還有盡頭的光。我眼睛看見閃爍的顏色，卻不知它們代表什麼。

我回頭看了永恆屋最後一眼，身體開始顫抖。拉斐爾牽起我的手，接著我們一起走進甬道。

卷七

CHAPTER 7

馬修・羅斯・索倫森

瓦倫坦・凱特利失蹤

二〇一八年十一月廿六日

心理學家暨人類學家瓦倫坦・凱特利失蹤了。警方調查後發現他於失蹤前購買了幾樣不尋常的東西，包括手槍、充氣獨木舟及救生衣。親友一致認爲這些物品完全不像他平時會買的東西。他從來不曾顯露對水上活動的興趣。

凱特利家中或辦公室都未能尋獲這些物品。

警方研判他可能駕著充氣獨木舟前往某個偏僻地點，然後舉槍自盡。然而，一位名叫傑米・艾斯裘的警官不作此想。他認爲凱特利博士突然意外失蹤顯然和馬修・羅斯・索倫森突然意外出現有關。艾斯裘推斷凱特利曾經拘禁羅斯・索倫森，手法和他指導教授兼導師勞倫斯・艾恩―塞爾斯數年前拘禁詹姆士・瑞特一樣。艾斯裘認爲凱特利和艾恩―塞爾斯動機相同，都是爲了製造證據支持他恩師的其他世界說。當警方查出他和羅斯・索倫森有關，凱特利深怕罪行暴露，於是便放了羅斯・索倫森，同時了結自己的性命。

艾斯裘做此推論的優點在於，它解釋了爲什麼凱特利人一失蹤，馬修・羅斯・索倫森就出現了，前後只差一兩天，否則如此巧合實在蹊蹺。問題是艾恩―塞爾斯和凱特利始終不曾拿失蹤來證明任何事。凱特利甚至多年來一直大力抨擊艾恩—塞爾斯。

但艾斯裘不屈不撓，前後問了我兩次話。他年紀輕輕，面容和善可親，褐色頭髮又短又捲，看上去很聰明。他穿著深藍西裝和灰襯衫，講話有約克郡的口音。

「你認識瓦倫坦．凱特利嗎？」他問。

「認得，」我說：「我二〇一二年十一月中旬拜訪過他。」

他似乎很滿意這個回答。「就在你失蹤前，」他指出這一點。

「是的，」我說。

「你失蹤期間，」他問：「人去了哪裡？」

「我在一個有著許多房間的屋子裡。海水會掃過那個屋子，我有時會被淹沒，但最後總是安然無事。」

艾斯裘愣了一下，皺起眉頭。「那不是……你沒有……」他欲言又止，沉吟片刻才又開口道：「我是說，你出了狀況，崩潰之類的，至少別人是這樣告訴我的。你有接受治療嗎？」

「家人有安排我去看心理治療師，我沒什麼意見。不過我拒絕服用藥物，目前也沒人勉強我。」

「嗯，希望治療能幫到你，」他好心地說。

「謝謝。」

「我想知道的是，」他說：「凱特利博士是不是曾經遊說你去哪裡，是不是強行讓你待在某個地方，還有你能不能自由來去？」

「可以，我可以自由來去。我不是一直待在一個地方，而是走了好幾百，甚至好幾千公里。」

「喔……呃，好的。凱特利博士沒有跟你一起走？」

「沒有。」

「有誰跟你一起走嗎？」

「沒有，基本上就我一個人。」

「喔，呃，好的，」艾斯袞略顯失望，我也一樣，失望自己讓他失望了。「那個，」他說：「我不想佔用你太多時間。我知道你已經跟拉斐爾警長談過了。」

「是的。」

「她很厲害，對吧？我說拉斐爾。」

「是的。」

「她會找到你，我一點也不意外。除了她，可能沒有另一個人做得到。」他停頓片刻接著說：「當然，她可能有點……我是說，她其實不……」他手指在空中比劃，彷彿想抓住逃跑的詞彙。「我是說，她有時不是那麼容易共事，時間管理就更不用說了，她完全不行。但說眞的，我們都很佩服她。」

「拉斐爾確實値得佩服，」我告訴他：「她是個很了不起的人。」

「沒錯。有人跟你說過皮尼．威勒的事嗎？」

「沒有，」我說：「皮尼．威勒是誰？」

「某個住在米德蘭大城市的傢伙。拉斐爾就是從那裡起家的。那傢伙精神有點問題，狀況不大好，就是那種到最後經常和我們扯上關係的人。」

「那眞糟。」

「對啊，是不大好。有一回不曉得什麼事激到他，他竟然爬到教堂高塔上，在迴廊裡對著人破口大罵，還將隨身攜帶的那幾捆髒兮兮的舊報紙點火，見人就丟。」

「眞可怕。」

「我知道，很恐怖，對吧？我們——我是說警察——趕到現場是傍晚了，教堂裡又黑又暗，只見起火的報紙四處飛舞，一堆人拿著滅火器和消防沙桶跑來跑去。拉斐爾和另一位同事想找到皮尼·威勒，但他們才剛到樓梯間——那裡眞的又擠又窄——皮尼就扔了更多著火的報紙下來，其中一張正好落在那位同事臉上，於是他只好撤退。」

「但拉斐爾沒有退縮，」我很有把握地說。

「沒錯，就是那樣。照理說她可能撤退比較好，可是她沒有。等她衝到迴廊時，頭髮都著火了。但你也知道，她可是拉斐爾啊，我猜她根本沒發覺，底下的人不得不大聲提醒她把火弄熄。她坐在皮尼·威勒身旁，說服他不再亂扔著火的報紙，後來還讓他從高塔下來。眞勇敢，你不覺得嗎？」

「比你想得還勇敢，她明明很怕高。」

「是嗎？」

「她爬高會不舒服。」

「但還是阻止不了她，」他說。

「沒錯。」

「幸好她面對你不用做那些事。我是說，她不用穿越火海之類的，只去了海邊。至少其他人是這樣告訴我的，說她在海邊找到你。」

「沒錯，我在海邊。」

「很多失蹤者都會出現在海邊，」他沉吟道：「我想是海的緣故，它能安慰人心。」

「我顯然就是如此，」我說。

他開心笑看著我。「太好了，」他說。

馬修・羅斯・索倫森重新出現

二〇一八年十一月廿七日

馬修・羅斯・索倫森的爸媽、妹妹和朋友都問我去哪裡了。我跟他們說了我對傑米・艾斯裘說的話：我去了一間有許多房間的屋子，海水會掃過那個屋子，我有時會被淹沒，但最後總是安然無事。

馬修・羅斯・索倫森的爸媽、妹妹和朋友都說這是精神崩潰者的內觀世界。他們覺得這個解釋很合理，甚至令人寬慰。他們的馬修・羅斯・索倫森回來了，至少他們這樣認爲。這人有著他的面孔、聲音和動作，對他們來說，這就夠了。

我外表不再是皮拉奈奇了。我的頭髮乾乾淨淨，修剪過還做了造型，再也沒有珊瑚珠或魚骨。我身上的衣服是馬修．羅斯．索倫森的妹妹從她們收著的衣服裡拿給我的。羅斯．索倫森衣服很多，都照料得非常仔細。他有十幾套西裝（我覺得很驚訝，因爲他的收入並不高）。喜歡衣服是他和皮拉奈奇的共同點。皮拉奈奇經常在日記裡寫到凱特利博士的服裝，並感嘆自己的衣服破破爛爛。我想這就是我和他們兩人（馬修．羅斯．索倫森和皮拉奈奇）不同的地方。我發現自己不大在意服裝。

我還拿到他們收著的許多東西，其中最重要的就是馬修．羅斯．索倫森短少的日記，時間從二〇〇〇年六月（他還是大學生）到二〇一一年十二月。至於他的其他物品，我幾乎全扔了。皮拉奈奇最受不了東西太多。「我不需要這個！」是他的口頭禪。

皮拉奈奇一直與我同在，但馬修．羅斯．索倫森只有殘像與影子。我靠著他留下來的東西和別人對他的描述來拼湊他，當然還有他的日記。少了日記，我將毫無頭緒。

我想起了這個世界的運作方式——多多少少。我想起了曼徹斯特和警察是什麼，還有如何使用手機。我會用錢買東西，即使還是覺得很假很怪。皮拉奈奇非常不喜歡錢，總是想說：但我需要你的東西啊，所以你為什麼不直接給我？如果你需要我的東西，我也會直接給你。這樣做不是更簡單，而且好多了！

但我不是皮拉奈奇，至少不只是他，我知道這樣說不會有什麼好處。

我決定寫一本關於勞倫斯・艾恩－塞爾斯的書。那是馬修・羅斯・索倫森想做的事，也是我想做的，畢竟有誰比我更認識艾恩－塞爾斯的作品？

拉斐爾跟我說了勞倫斯・艾恩－塞爾斯教她的方法，告訴我如何找到通往迷宮和回來的路，因此我現在可以隨意來回。我上週搭火車去了曼徹斯特，再轉乘巴士到邁爾斯普拉汀。我走過荒涼的秋日景致，來到一棟高樓裡的某一戶門前。開門的是一位形容枯槁憔悴的男子，身上帶著濃濃的菸味。

「你是詹姆士・瑞特嗎？」我問。

他說是。

「我來帶你回去，」我說。

我帶他通過陰暗的甬道。當一廳尊貴的牛頭人像聳立在我們面前，他哭了，不是出於恐懼，而是喜悅。他立刻走到大理石臺階轉角下方坐了下來，因爲那是他之前睡覺的地方。他閉上眼睛傾聽潮水的聲音。後來該離開了，他求我讓他待下來，我拒絕了。

「你不知道如何塡飽肚子，」我告訴他：「你一直學不會。除非我供你吃喝，否則你肯定會死在這裡，我可擔當不起。但你只要想回來，我就會帶你來。而且我保證要是我決定永遠回來，絕對會帶你一起。」

魔法師兼科學家瓦倫坦・凱特利的遺體

二〇一八年十一月廿八日

魔法師兼科學家瓦倫坦・凱特利的遺體被潮水沖刷著。我將他放在從八廳下去的其中一座下堂裡，和一尊斜躺的人像拴在一起。雕像閉著眼，可能睡著了，手腳都纏滿了大蛇。

遺體裝在塑膠網袋裡，網眼寬得可以讓魚嘴和鳥喙伸進來，但又細得不會讓小塊骨頭流走。

我推算遺骨再六個月就會變得白白淨淨了。到時我會將骨頭收拾好，拿到西北三堂的空壁龕裡，讓瓦倫坦・凱特利安息在餅乾盒人旁邊。用細繩串起來的長骨頭擺中間，頭骨擺右邊，所有小骨頭裝進一個盒子裡擺左邊。

瓦倫坦・凱特利博士將和他同事——史丹利・歐文登、毛利奇歐・裘薩尼及席維雅・達戈斯提諾——一起長眠。

再見雕像

二〇一八年十一月廿九日

皮拉奈奇生活在雕像之間。這些雕像雖是沉默的存在，卻帶給他安慰與啓發。

我以爲雕像在新（舊）世界將與我無關，不會再對我有所幫助，但我錯了。只要遇到我不了解的人事物，我當下的衝動還是尋求雕像給我啓發。

每回想到凱特利博士，我心裡就會浮現一個影像。那是西北十九堂的一尊雕像：一名男子跪在基座上，身旁一把長劍斷成五截，四周還有其他碎片，是破掉的球體。男人爲了認識球體而用劍將它劈開，結果卻發現球體和劍都毀了。他搞不懂爲什麼，卻又不肯接受球體破了、沒用了。他拾起碎片仔細打量，希望碎片最終還是能帶給他新的知識。

想到勞倫斯．艾恩—塞爾斯，我心裡又會浮現一個影像。那是某座上廳裡面向（連接卅二廳的）臺階的一尊雕像：一名異教大祭司坐在寶座上，身材又圓又腫，有如一灘爛泥懶洋洋倚在寶座上。寶座雖然宏偉，卻感覺隨時會被祭司碩大的身軀壓成兩半。他知道自己惹人反感，卻樂在其中，陶醉於自己的醜惡。他臉上混合著笑意與自得，彷彿在說，你們看看我！看看我！

想到拉斐爾，我心裡就會浮現一個——不，兩個影像。

在皮拉奈奇心中，最能代表拉斐爾的雕像在西四十四堂。那是一名駕著雙輪戰車保衛子民的王后。她無比良善、無比溫柔、無比睿智又無比慈愛。這就是皮拉奈奇眼中的拉斐爾，因為她救了他。

但我選的是另一尊雕像。在我心中，最能代表拉斐爾的雕像在北四十五堂和六十二堂之間的前廳。那是一個拿著燈籠前行的人。從外表看，那人宛如雌雄同體，很難判斷確切的性別。根據她（或他）拿燈籠窺望前方的模樣，我感覺她周圍是無邊的黑暗，但更強烈感受到她的孤獨。那孤獨或許出於她自己的決定，也可能因為沒有人有勇氣跟隨她踏進黑暗。

在這世界數十億人裡頭，我最認識也最愛拉斐爾。我現在更明白（皮拉奈奇永遠無法像我這樣清楚）她來找我是多麼了不起，多麼勇敢的一件事。

我知道她常回迷宮。有時我們會結伴同行，有時她獨自前往。那裡的安靜與孓然強烈吸引著她。她希望從中尋得自己需要的事物。

這讓我有些擔心。

「不要消失，」我嚴厲告誡她：「千萬不要消失。」

她露出遺憾又頑皮的神情。「我不會消失的，」她說。
「我們不能一直互相救來救去，」我說：「太荒謬了。」
她笑了，笑裡帶著一點悲傷。
但她還是用著同樣的香水。那是我對她最早的認識，還是讓我想起陽光與幸福。

所有潮水在我心裡

二〇一八年十一月三十日

所有潮水、潮水的季節與漲跌在我心裡。所有廳堂、綿延不絕與錯綜複雜的走道在我心裡。當這個世界對我太過沉重，當我厭倦了嘈雜、煙塵與人群，我就會閉上眼睛，先呼喚某個廳，再呼喚某座堂。我會想像自己從廳走到堂，精確說出該過哪幾道門，該在哪裡左轉右轉，牆上都有哪些雕像。

昨晚，我夢見自己站在北五堂的大猩猩雕像前。大猩猩爬下基座，前肢以指關節觸地緩緩朝我走來。月光下，他的身體灰中帶白。我張開雙臂摟住他厚實的脖子，跟他說回家眞好。

醒來時我想：我沒回家，我在這裡。

下雪了

二〇一八年十二月一日

下午我走在城裡，準備到咖啡館和拉斐爾碰面。雖然都快兩點半了，天卻始終沒眞的變亮。

下雪了。低矮的雲層替城市蓋上一道灰撲撲的天花板。雪遮去了車聲，後來更像帶有節奏一般，簌簌緩緩地下著，有如不停拍打大理石牆壁的浪濤。

我閉上眼睛，覺得平靜祥和。

途中有一座公園。我走進公園，沿著一條蒼天古樹夾道的小徑前行，樹木後方是遼闊幽暗的草地。白雪從光禿禿的枝幹間飄落，遠方路上的車燈在樹木間閃爍，有紅有黃有白。四下靜寂，雖然還沒到黃昏，街燈已經亮起微光。

小徑人來人往，一位老翁從我身旁走過，神情憂傷疲憊，臉頰上皺紋斑駁，鬃毛般的短髭業已花白。當他瞇眼避雪的瞬間，我忽然明白自己認識他。他就在西四十八堂的北牆上，就是那位一手拿著寨城模型，一手賜福百姓的國王。我好想抓著他對他說，你在另一個世界是尊貴又善良的國王，我親眼見過！但我躊躇太久，想開口時他已經消失在人群之中。

一名婦人牽著兩個孩子從我身旁走過。其中一個孩子兩手拿著木笛。我也認得他們，就在南廿七堂。雕像裡的兩個孩子呵呵笑著，其中一個手拿長笛。

出了公園，馬路一擁而上。旅館中庭擺了鐵桌椅，天暖時可以供人歇息，這會兒覆著白雪只顯得荒涼而孤寂。中庭立著一面鐵絲網，上頭掛著紙燈籠，一團團鮮橘的光球在雪和微風裡擺盪顫抖。海灰色的雲匆匆劃過天際，橙黃的燈籠隨之晃動。

屋子的美，無與倫比；它的善，無盡無窮。

推薦跋

穿越虛實的異境迷宮

趙恬儀（國立臺灣大學外文系教授）

你是誰？怎麼會讀到我寫的東西？你是騙過潮水，橫越破碎地板和廢棄臺階來到廳堂的旅人嗎？還是在我死後很久住進屋裡的人？

——《皮拉奈奇》

這是一部顛覆二元線性邏輯、跨越認知疆界的小說。眼前的一連串問句，於漫長的閱讀行旅之中，縈繞於字裡行間，恍若心室長廊若有似無的白噪音，令人陷入迷惑，同時又發人深省。

說話的人究竟是誰？眼前看見的到底是什麼？

解謎的關卡一道一道藏於書卷與記憶的節點，有些人好像在又不在，有些事好像有又沒有，各種資訊紛至沓來，有如二十一世紀每天觸及的社群推播和媒體輿論，繁複無限量點閱的當下，多巴胺高潮過後，腦內僅殘留無聲的問號與驚嘆號。

眞假!?

這句鄉民們進行跨次元跳躍時最常出現的OS，或許也正是本書主人翁、甚至作者本人，透過文字濾鏡向讀者釋出的訊息?

《皮拉奈奇》爲英國小說家蘇珊娜．克拉克（Susannah Clarke），於二〇〇四年出版星雲獎出道作《英倫魔法師》之後，睽違十六年的重磅回歸之作，先後入圍星雲獎等重要寫作獎項，並於二〇二一年榮獲女性文學獎。本書的特色在於採用日記的體裁，透過主人翁皮拉奈奇在「屋子」（House）中每天記錄的段落，以第一人稱的敘事觀點，帶領讀者遊走於虛實之間，從破碎混亂的記憶當中，拼湊出事件的全貌。

上述的氛圍早在書名便可見一斑，儘管小說並未明確交代「皮拉奈奇」命名的緣由，正巧十八世紀的義大利同名藝術家Giovanni Battista Piranesi（一七二〇—一七七八）的「牢獄」（Prisons; *Carceri*）系列版畫作品，呈現「具有幻想、奇幻、宗教靈啓特色的地牢，當中充滿神祕的建築架構和拷問用的刑具」[1]，視覺上壓倒性的強大氣場令人深受震懾，久久難以忘懷。而從皮拉奈奇的畫作「穿越」回到《皮拉奈奇》的敘事空間，幾乎完全沒有違和感：「九廳很宏偉，有三座大臺階，兩旁牆壁立著幾百幾千尊大理石雕像，層層疊疊，直到遙遠的高處。」故事開始於架空且沒有特別時空指向的場所，主要敘事者皮拉奈奇描述自己身處於叫做「屋子」的塔形建築，上方是雲霧，下方是海洋，每天定時都有潮水淹入，感覺不像是眞實地球的場域，卻充滿上述畫作奇詭曲折的壓迫感。

根據主角皮拉奈奇的自述，他認爲自己一直都在「屋子」中，並表示世上只有十五人，其中大多數已不在人世、化爲骨骸。除此之外，皮拉奈奇每兩週固定與一位名叫「另一人」（Other）的紳士會面，幫助對方尋找藏於屋中某處「偉大神祕的知識」。「另一人」貌似來自於屋外的世界，常帶給皮拉奈奇外界的物資，但就在拉奈奇建議兩人應放棄尋找偉大知識之時，「另一人」卻提醒他「屋子」會扭曲裡面的人的記憶與人格。

片斷難解的情節敘事，讓讀者如我不免產生疑慮：如果眞如「另一人」所說，屋子中人的記憶和人格都會受到扭曲，那麼眼前這些貌似「紀錄」的日記文字，究竟有多大程度能夠如實呈現當下的眞相？皮拉奈奇訴說的見聞能否眼見爲憑？當他和「另一人」的認知出現歧異，讀者究竟要相信哪一方？

這令我不由得再度想起手機社群時代各種經過濾鏡美化的照片動態，還有各方網民與媒體一再堅稱自我正確的論述，與書中龐雜資訊造成的空間迷向，兩者相較有著微妙的既視感。更有甚者，敘事者在中段開始陷入認知混亂，懷疑自己發瘋失憶，同時逐漸察覺到身邊人物的「人設」產生質變，彷彿羅生門一般，虛實不明。

此後主人翁在掙扎釐清現況及試圖還原眞相的過程中，逐步揭開先前人物與事件的謎團，浮現恍如穿越異世界的多重宇宙：一是「屋子」中的世界，設定偏向奇幻架空，充滿神祕玄奇的元素與力量；二是「屋子」外的三次元英國世界，時間約在二〇一一到二〇一二年之間，涉及綁架監禁的刑案。而在讀者跟隨敘事者穿越兩個世界的過程中，文字的迷陣猶如雲霧障蔽視線，直到最後一頁似乎都未能得見撥雲見日的清朗，也讓故事前半的文字敘述成爲某種預言：「**書和雲**。書裡有文字，而雲會遮蔽事物，所以是**模糊的文字**。」加上通篇第一人稱（且不一定是同一位敘事者）的敘事觀點很斷裂也很主觀，有時甚至出現夢囈式的絮語碎念，就像大型拼圖遊戲，需要從細碎的片段慢慢湊出眞相。

走筆至此，文字偵探眉頭一皺，發覺案情並不單純：書中種種錯綜複雜的記憶和敘述，會不會是作者蓄意的設計，意圖讓讀者共感敘事者內在外在各種穿越的覺受，體驗身心異常、認知記憶失調的狀態下，看見的世界是何樣貌？甚或是迫使讀者出離娛樂/愉悅向懸疑文本的框架，透過身歷其境的沉浸式體驗，察見故事背後巨大的冰山，也就是「不可靠的敘事者」。

關於這個議題，就文本脈絡與互文性的角度觀之，令人聯想到英語文學至少三個重要的文體，概述如下。

奇幻文學的設定

首先本作處處可見經典奇幻小說的設定，如小說開宗明義便引用英國奇幻小說家C．S．路易斯《魔法師的外甥》（也是經典奇幻小說《納尼亞傳奇》系列的前傳）的名言：「我是大學者、魔法師、萬能手，作實驗的人，當然需要實驗**對象**」，奠定本作世界觀設定的基調：這是一個穿越現實世界與「奇幻」異世界的旅程，途中出現的各方人物（包括主要敘事者本人）有著變幻莫測的樣貌、意念與言行，同時也在尋找實驗對象。這裡的實驗，也許是外在，甚至是內在心理狀態的實驗，精準呈現人類在精神失常、認知失調與情緒失控的狀態下，腦內上演各種劇情版本的爆走小劇場。

自傳體／日記體的旅行冒險小說

第二個系統是英國十八世紀的旅行冒險小說，敘事通常是以主角的第一人稱限制觀點出發，憑藉主角的記憶和視角，記錄解讀旅程的經歷與見聞。如英國文學名著《格列佛遊記》的主角及敘事者，時常以充滿主觀意識甚至偏見歧視的角度，觀察回應自己在異地各國的經歷，甚至突破第四面牆，以接近後設小說的敘事來直面讀者、介入讀者的閱讀經驗。而英國文學史上第一部長篇小說《魯賓遜漂流記》的主角，則是以中產階級的視角，讓讀者看見大英帝國殖民者對於荒島、海洋自然與異文化的解讀，如吳爾芙所言：「《魯濱遜漂流記》或許就是一個典型的例證。……它之所以成爲一部傑作，主要原因就在於狄福自始至終堅持以自己獨特的視角來審視一切。由於這個緣故，他處處讓我們受到挫折和嘲弄。……爲了尋求三大基本透視點——上帝、人類、大自然——的有關訊息，我們的每一次嘗試突破，都被書中板著面孔的尋常描寫頂了回來。……最終我們不得不放棄預設的構想，接受狄福希望給予我們的一切。」[2]

同樣的，本作的讀者也「被迫」從主角的日記和相關紀錄當中，透過敘事者與撰寫者的視角與記憶，試圖整理出事件的全貌。然而本作的特色在於情節敘事並非完全依照時間順序和前後邏輯來組合排列，反倒像是主人翁於穿越現實與異世界途中，隨機掠過腦海的片段拼圖。如果是作者刻意爲之，顯然顛覆了主流小說的線性邏輯架構，讓讀者進入多聲並陳的渾沌「心」世界，同時提醒讀者：不要完全相信眼前這個說故事的人。

推理與懸疑小說

有趣的是，「不可靠的敘事者」剛好正是推理懸疑小說的核心元素。首先「不可靠的敘事者」（unreliable narrator）源自美國知名文學評論家及學者韋恩．C．布思（Wayne C. Booth）的《小說修辭學》（一九六一），提出敘事者（不分一二三人稱）的言行一旦悖離作品和作者的慣例與常識，即爲不可靠的敘事者。[3]此外德國學者安斯加．努寧（Ansgar Nünning）則將敘事者的不可靠特質分爲多個細項，例如敘事者因爲記憶或認知問題，造成心口言行不一，出現自相矛盾和說謊等狀況；敘事者的想法情緒和行爲不合邏輯或超出一般人的普遍認知；敘事者的自我認知和其他角色對於敘事者的評價發生衝突；讀者受到文本文體和文學脈絡的限制，導致無法判斷敘事者言行的眞僞等等。[4]

基於以上的論述，《皮拉奈奇》的敘事者明顯具備「不可靠」的特質，即使不見得是刻意欺瞞讀者，或是代理作者行使推理小說慣常的「敘事詭計」，從故事開頭的日記當中，紀年方式便已呈現敘事者特異非常態的認知，加上後續敘事者反芻各種跳躍斷裂的記憶，以及對於人事物反覆出現的迷惑質疑，讓讀者開始產生「異常非日常」的疑慮。而敘事者記憶與認知的前後不一，加深了故事的弔詭之處，也提升了敘事者的不可信任度，直到故事後半出現「屋子」外的另一個世界，以及另一個交疊的故事線與人物，令人不禁聯想到《少年 Pi 的奇幻漂流》當中，主人翁提出的兩個故事版本——讀者究竟要相信哪一個版本？而敘事者本人又相信哪一個版本？

綜而觀之，《皮拉奈奇》全書複雜的架構及撲朔迷離的劇情敘事，隱然呼應同名畫家的「牢獄」系列畫作——也許故事中失蹤迷向、受到監禁的對象，不只是人，也是心？又或許解讀的關鍵，在於照見內在與外在世界的連結，以及跨越虛實的疆界？相較於劇情向和破案向的解謎文本，本作更著墨於心物虛實二境迷宮的幽微複雜與深不可測，其中穿越、探索、釋義的過程，於「眞假?!」的命題之下，儼然已進入哲學論辯的境界，值得靜思細探。

1 譯自大英百科全書英文網頁「Giovanni Battista Piranesi」條目之內文：「fantastic, visionary dungeons filled with mysterious scaffolding and instruments of torture」。出處網址：https://www.britannica.com/biography/Giovanni-Battista-Piranesi

2 引自維吉妮亞・吳爾夫，《普通讀者：吳爾夫閱讀隨筆集》，遠流出版，二〇一一年。出處網址：https://www.thenewslens.com/article/149612/fullpage

3 原文：「I have called a narrator reliable when he speaks for or acts in accordance with the norms of the work(which is to say, the implied author's norms), unreliable when he does not.」引自Wayne C. Booth, The Rhetoric of Fiction. Chicago: The University of Chicago Press, 1961, pp.158–59.

4 引自Huda Al-Mansoob, 'Analyzing the Unreliable Narrator: Repetition and Subjectivity in Raymond Carver's "What Do You Do in San Francisco?"' Theory and Practice in Language Studies, Vol. 1, No. 7, July 2011, p.803.

藍小說 345

皮拉奈奇

作　者—蘇珊娜．克拉克
譯　者—穆卓芸
編　輯—張瑋庭
美術設計—許晉維
內頁排版—芯澤有限公司

總編輯—嘉世強
董事長—趙政岷
出版者—時報文化出版企業股份有限公司
108019臺北市和平西路三段二四〇號三樓
發行專線—（〇二）二三〇六—六八四二
讀者服務專線—〇八〇〇—二三一—七〇五．（〇二）二三〇四—七一〇三
讀者服務傳真—（〇二）二三〇四—六八五八
郵撥—一九三四四七二四時報文化出版公司
信箱—（一〇八九九）臺北華江橋郵局第九九信箱

時報悅讀網—http://www.readingtimes.com.tw
電子郵件信箱—liter@ readingtimes.com.tw
法律顧問—理律法律事務所　陳長文律師、李念祖律師
印　刷—勁達印刷有限公司
初版一刷—二〇二三年九月二十九日
定　價—新臺幣四〇〇元
（缺頁或破損的書，請寄回更換）

時報文化出版公司成立於一九七五年，
並於一九九九年股票上櫃公開發行，於二〇〇八年脫離中時集團非屬旺中，
以「尊重智慧與創意的文化事業」為信念。

皮拉奈奇/蘇珊娜．克拉克(Susanna Clarke) 著 ; 穆卓芸譯 . – 初版 . –
臺北市 : 時報文化, 2023.9
面；　公分 . –（藍小說;345）
譯自：Piranesi
ISBN 978-626-374-336-6（平裝）

873.57　　112014978

ISBN 978-626-374-336
Printed in Taiwan

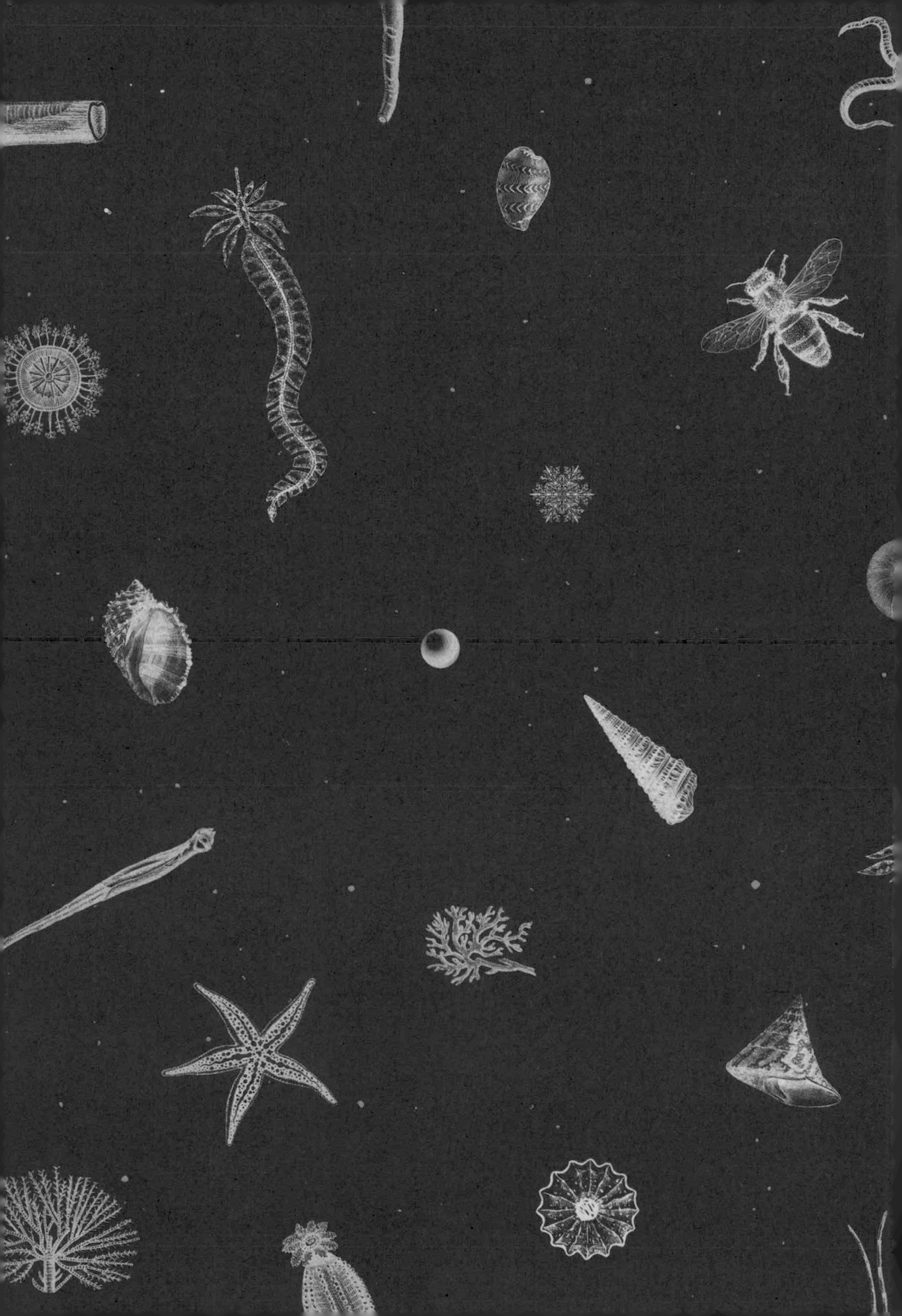